# El bosque perdido

**Seix Barral** Biblioteca Breve

# Emilio Gavilanes
# El bosque perdido

Primera edición: noviembre 2000

© 2000, Emilio Gavilanes

Derechos exclusivos de edición
en castellano reservados para
todo el mundo:
© 2000: Editorial Seix Barral, S. A.
Provenza, 260 - 08008 Barcelona

ISBN: 84-322-1077-3
Depósito legal: B. 44.395 - 2000
Impreso en España

Ninguna parte de esta publicación, incluido el
diseño de la cubierta, puede ser reproducida,
almacenada o transmitida en manera alguna ni
por ningún medio, ya sea eléctrico, químico,
mecánico, óptico, de grabación o de fotocopia,
sin permiso previo del editor.

*Para mamá.*
*In memoriam.*

Al amanecer, los restos de las dos casas, cada una en un extremo de la aldea, aún seguían humeantes. Las vigas carbonizadas sobresalían entre los escombros, y cuando soplaba la brisa enrojecían tan nítidamente los rescoldos que durante un instante parecía que debajo de aquel caos de muerte había una criatura en gestación, nueva, viva y misteriosa.

Los Casales, a una legua escasa de La Carballa, era entonces una aldea que, al contrario que las del resto de la comarca, desde hacía unos treinta años se estaba despoblando, extrañamente. La razón habría que buscarla —tal vez— en que, debido a ocupar el lugar más eminente de toda la región, la tremenda sequía de principios de siglo estaba ocasionando un descenso (lento, es cierto) del nivel freático, lo que estaba agotando pozos y manantiales, y obligando al paulatino abandono de pastos y tierras de labor, los soportes de su sustento. El éxodo a las aldeas de alrededor fue constante. Las familias se desplazaban para rehacer sus vidas a los lugares donde tenían algún pariente, para no endeudarse durante generaciones, pues debían empezar con algún crédito, ya que las propiedades que abandonaban estaban absolutamente devaluadas.

Los despoblados medievales, que sin ser frecuentes

en la zona, tampoco eran desconocidos, ofrecían una imagen más del futuro que del pasado.

Aunque, bien pensado, no debería haber sorprendido a nadie que aquella unánime y lenta marcha hubiese albergado una excepción, lo cierto es que sorprendió a todos. Sólo aparentemente era una extravagancia, una locura, que Efraín, el de Doney, se resistiese a abandonar Los Casales, pues en realidad a qué nueva vida podía aspirar un hombre a las puertas de la vejez, dónde podía tener interés en trasladarse quien hacía más de treinta años había sabido que había muerto la última y lejana familia que aún tenía. Muchos acabaron compartiendo su punto de vista de que lo realmente insensato en un hombre en sus circunstancias habría sido abandonar las tierras en las que siempre había vivido, a cambio de una compañía que en un lugar desconocido es muy posible que tampoco habría encontrado. Además aún era recordado en toda la región por una denuncia (estupro con su hermana) que nunca supo quién le puso y que en su día se demostró falsa, pero cuyos daños no se ocupó nunca de restaurar. Y luego —o tal vez en primer lugar— estaba eso, su hermana, aquella lejana niña, a la que ya tenía dificultades para recordar, a la que antes de morir, hacía tanto tiempo, había jurado que siempre iban a estar juntos, incluso «desde que la muerte nos separe». Y aunque con aquello no se había referido a la proximidad a unos despojos, éstos con los años se habían ido espiritualizando hasta hacerse imprescindibles, como sentimientos.

Su hermana, aun después de muerta, especialmente después de muerta, al menos hasta cierto momento, cubrió todas sus necesidades amatorias. Se daba la aparente contradicción de que entre gente tan apegada a lo material como los campesinos, el sexo nunca había interesado, y sin embargo sí el amor, o algo parecido, formado por una mezcla de imprecisos afectos y ecos de lecturas llegadas hasta ellos de segunda y de tercera mano.

Antes de partir, algunos intentaron venderle sus propiedades a precios muy ventajosos. Todos encontraban lógica su negativa a comprar lo que no tardaría en ser suyo de hecho, argumento que él nunca esgrimió.

Las últimas familias se marcharon en julio. Esperaron a recoger una cosecha que resultó tan ruin que apenas les dio trabajo durante una semana y que pudieron llevarse en un solo costal. Hubo quienes ni siquiera se tomaron la molestia de recoger un grano que por otra parte aquel año no fue allí mucho más escaso que en todos los alrededores, algo que al año siguiente pudieron comprobar en sus nuevas tierras, perplejos, como si no entendiesen dónde estaba el fallo, pues habían supuesto que la miseria se limitaba a sus antiguos cultivos.

Efraín de joven había sido cazador. Pero había tenido una experiencia que durante un tiempo le mantuvo alejado de la escopeta. Una mañana, un invierno, salió a cazar hacia la montaña. Iba con él un perrillo blanco que no se le separaba, un perro muy listo, que caminaba muy erguido como si fuese consciente de su valor. Hacia la mitad del camino empezó a nevar, y como los copos iban en aumento, se dio la vuelta. A medida que avanzaba, el suelo fue desapareciendo bajo la nieve, hasta que llegó un momento en el que no se distinguía el camino. De repente se levantó un viento muy fuerte y todo se volvió invisible. Siguió andando, tratando de conservar la dirección, pero cada vez nevaba más y era como andar por el interior de un bloque de mármol. A veces sentía golpes en la cara, pero ignoraba si era hielo que caía o era maleza, en la que quizá se había internado sin saberlo. Al cabo de algún tiempo reparó en que llevaba mucho rato sin ver ni oír a su perrillo. Gritó llamándolo, y con tanto viento ni él mismo consiguió oír su propio grito. Le agotaba caminar contra el viento, pero se giraba y advertía que el viento soplaba desde todas direcciones, algo lógicamente imposible. En algún momento de su marcha creyó ver a una familia de jabalíes, uno detrás de otro, que se desplazaban sin moverse, como si tirasen de ellos, en dirección opuesta a la suya, y de un color no exactamente blanco, sino más bien de estar siendo vistos a través de hielo. Más adelante topó con lo que al tacto parecía una peña. A fuerza de tantear, consiguió encontrar una oquedad que, con la ayuda del abrigo, cuyas mangas encajó en diferentes grietas, le sirvió de refugio. La nueva oscuridad era más acogedora que el blanco de la tormenta. Allí aguardó, convencido de que en unas horas todo habría pasado. Pero la tormenta duró tres días. A veces parecía remitir y conseguía ver parte de un paisaje que le resultaba familiar y que no acababa de reconocer. Fue el último día cuando reparó en que la pella de hielo que todo el tiempo había notado junto a los pies era en realidad el cuerpo de su perrillo. Antes de morir helado, le habría mordido el pantalón para no perderse. Con un gran remordimiento anticipado, cortó un trozo con la navaja y se lo comió, hambriento, después de descongelarlo entre las manos. Apenas unas horas después, la tormenta había cesado, y él salía de su refugio, entumecido, bajo un cielo injustamente azul. Tras un tiempo razonable de aturdimiento, descubrió que estaba junto al pueblo. Todo el tiempo había estado a cincuenta escasos metros de su casa.

Aquella experiencia le alejó de la caza durante mucho tiempo. Pero poco a poco acabó cogiéndole otra vez el gusto. Volvió a tener perro, primero uno negro, sin raza, y después los sucesivos descendientes, todos muy parecidos entre sí, y muy distintos de aquel perrillo blanco. Cada vez que se le moría alguno, se le renovaba una pena que se había jurado no volver a sentir.

Fueron precisamente los animales —los perros y los que criaba en el corral— los que impidieron que se sintiera solo aquel verano en el que se quedó solo. Por otra parte, no había día que no se presentase algún antiguo vecino que había olvidado algo, o que venía a atender una huerta por ver qué se podía salvar. De tal manera que hasta que empezó septiembre no fue muy consciente de que era el único habitante del pueblo. Un día llovió y fue como la línea que señalaba el principio del otoño. El aire que había antes de empezar a llover ya no era el mismo que cuando acabó. Un aire limpio, lúcido, triste. Al día siguiente todas las golondrinas se pusieron en fila en los hilos de la luz y se quedaron quietas. Como cubiertas por diminutas capas negras, miraban a lo lejos, inmóviles, reflexivas. Era un momento extraordinario. En apenas unos minutos habrían desaparecido todas.

Unos días después de que irrumpiese el frío, una mañana, Efraín, que se dirigía a la fuente de la vega, vio a lo lejos a un hombre sentado a la puerta de la casa de Juan, el de Ti Marta. Se desvió de su camino para acercarse a él. El hombre tomaba el sol con los ojos cerrados, y, sobresaltado al oír los buenos días, se incorporó con un gesto cómico de ir a defenderse de algún ataque. La puerta de la casa estaba abierta, como si estuviese alojado en ella. En vista de que no hablaba, Efraín le preguntó si era familia de Juan. El hombre, que no había abandonado su actitud desconfiada, le contestó que no, que le había comprado la casa. A continuación entró en ella y cerró la puerta de un portazo. Efraín se alejó riendo.

No volvió a verlo durante varios días, a pesar de que ahora pasaba a propósito más a menudo por delante de la casa. Por una de las cada vez más esporádicas visitas de sus antiguos vecinos, supo que aquel hombre era sastre y que, como no necesitaba trabajar la tierra, había comprado aquella casa sólo porque se la habían dejado extraordinariamente barata.

El invierno le devolvía su verdadera naturaleza, hostil, al campo, cuyo cuerpo el frío recorría por venas invisibles. Los animales, las plantas se retiraban, encogidos. El aire, eufórico, corría de un lado para otro. Para aumentar la impresión de soledad, a veces llovía.

Después de casi olvidarse de su nuevo vecino, Efraín se lo encontró a diario durante toda una semana. Sin proponérselo, de una manera casual, Efraín siempre aparecía junto a él de improviso, circunstancia que le divertía y que, a pesar de parecerle inofensiva, fue tratando de evitar, a veces de la manera más forzada, en vista del disgusto, del profundo malestar que causaba al otro, el cual no se molestaba en disimularlo.

En esos encuentros, los intentos de Efraín de entablar conversación chocaban con una resistencia que no tardó en dejar de achacar a timidez. Si hablaba él, el sastre se limitaba a permanecer en silencio, y en cuanto Efraín acababa su intervención, el otro se excusaba con un murmullo ininteligible y desaparecía sin dar tiempo a reaccionar. Por eso, para asegurar un mínimo diálogo, Efraín transformó sus intervenciones en preguntas. Invitaciones a hablar disfrazadas de preguntas que el otro no supo ver así, pues no tardó en estallar con un desproporcionado y brutal grito: «¡Deje de espiarme!»

Aquello al menos sirvió para abrirle los ojos a Efraín, que no volvió a intentar un acercamiento.

Una tarde Efraín partía leña a la puerta de casa. Uno de sus antiguos vecinos le había traído un carro de ella y se lo había descargado en medio de la calle. La partía en trozos menudos y la amontonaba bajo un saledizo que había en la pared de enfrente. Ya llevaba más de la mitad, cuando apareció el sastre, que, aunque tenía sitio sobrado para pasar por uno u otro lado, intentó atravesar por el medio de la leña, donde naturalmente tropezó y a punto estuvo de caer. Efraín, convencido de que el otro había fingido la escena para divertirle, se echó a reír. Las palabras del sastre desmintieron su suposición. Con un resentimiento que parecía proceder de una ofensa muy grave, le recriminó que hiciese aquello en medio de la calle.

—Siempre lo he hecho aquí —contestó sin dejarse agriar—. Si antes, que éramos muchos más, nunca molestó a nadie, a quién iba a molestar ahora.

—¡A mí! ¿Le parece poco? —replicó el otro, subiendo un grado más en su escala de ofendido.

Efraín, mirando el espacio que quedaba entre la pared y la leña, juzgó inútil explicar lo que era obvio.

—Siempre ha hecho lo que le ha venido en gana —añadió el otro de improviso—. Ya es hora de que alguien le pare los pies.

Y se marchó. Efraín se quedó estupefacto y abatido. Sospechó que aquel hombre era, o descendía, de Los Casales, y que alguien le había predispuesto contra él, seguramente por error. Error o no, algo les había transformado en viejos enemigos.

Un domingo, mientras desparramaba granos de trigo en el corral para las gallinas, Efraín oyó que tocaban a misa, algo verdaderamente extraño, pues ya hacía años que el cura sólo visitaba el pueblo con ocasión de tres, tal vez cuatro fiestas señaladas, dejando aparte las procesiones que se hicieron al campo con el fin de acabar con la sequía. Cuando entró en la iglesia, el cura, un hombre gordo y sonrosado, estaba celebrando misa. Al principio creyó que aquel hombre había perdido el juicio, pues le pareció que la iglesia estaba vacía. No tardó en descubrir la figura del sastre, en una penumbra, de pie, inmóvil, como una talla.

A la salida, Efraín se quedó esperando. Aún no se había optado por encalar e iluminar el interior de las iglesias, lo que las mantenía en su primitivo aspecto de gruta excavada en la roca. La salida siempre tenía un efecto deslumbrante, tan material como simbólico. Vio cómo el sastre, que había esperado junto a la puerta, le salía al paso al cura cuando éste se disponía a cerrar, y hablaba con él unos minutos con cierta familiaridad. Efraín esperó a que se separasen para acercarse al cura, con el que nunca había cruzado más allá de unos saludos, a fin de preguntarle por el motivo de la misa. Pero al verlo aproximarse, el cura ya no le dejó hablar.

—No lo hago por la amenaza. El Obispado ya estaba al corriente de mis circunstancias personales. Si va a haber misa los domingos, no vayan a creer que es porque me dejo asustar.

Y sin dar tiempo a aclaraciones, se alejó malhumorado.

Unas semanas después, una noche, Efraín oyó desde la cama cómo tocaban a muerto. Antes de llegar a emerger a la consciencia, tuvo el absurdo pensamiento de que el muerto era él. Una vez despierto —y un tanto asustado— razonó que si él no estaba muerto y tampoco lo estaba el otro —no podía doblar por sí mismo—, tenía que ser alguna festividad. Y se volvió a dormir convencido de que era primero de noviembre, sin reparar en que hacía casi un mes que ya había pasado.

Por la mañana, al despertarse, la campana seguía sonando. Cuando salió, llovía. En el campanario estaba el sastre. Por el camino ya se había dado cuenta de que los difuntos ya habían pasado.

—¿Qué ocurre? —preguntó, y quiso mostrarse molesto, hasta que tropezó con la mirada fúnebre del sastre.

—¿Ya?
—¿Eh? ¿Qué pasa?
—Se ha muerto mi madre.

Efraín dio un paso atrás. Creyó que el otro estaba loco.

—¿Dónde está su madre?
—En casa.

Lo que más le asustaba a Efraín era la tranquilidad con la que el otro hablaba.

—¿Le importaría seguir a usted? Voy a buscar al cura.

Con cierta desconfianza, Efraín cogió el relevo y siguió encordando. Vio alejarse al sastre bajo la lluvia. Unos minutos después lo vio pasar en un coche, que no había visto nunca, tirado por un caballo —un caballo, no una yegua—, un animal que por no valer para recría nadie habría comprado en aquel pueblo.

Le pareció absurdo hacer sonar la campana para nadie y a punto estuvo de dejarlo, pero incomprensiblemente no lo hizo.

Cuando volvió el sastre, había dejado de llover. Lo vio pasar en el coche hacia su casa. Poco después subía al campanario.

—Creo que es suficiente —dijo, asomándose, sin acabar de subir todos los peldaños, y se dio la vuelta.

Efraín lo siguió hasta su casa, como si aún no hubiese despertado. Entró a una sala que le indicó el sastre, que desapareció, desde la que se veía parte de una habitación de la que salía un resplandor de velas encendidas. Cuando se dirigía a ella —ya veía parte de un ataúd reluciente—, le salió al paso el sastre, que venía con una botella de licor y dos copitas.

Después de servirlas, el sastre cogió la palabra como si retomase una conversación interrumpida.

—La muerte, aunque no lo creamos, es algo inimaginable. Los moribundos no parecen ser conscientes de que van a morir. Cesar no entra en su experiencia. Una persona sana no piensa que está a punto de morir. Y desde una escala cósmica la distancia hasta la muerte es igual de minúscula tanto para el sano como para el enfermo. Pero nuestra escala no es cósmica. Por eso nos intriga. Es como si hubiesen perdido la conciencia del peligro. Los enfermos más graves siempre creen, incluso en los últimos momentos, que el mal que nosotros sabemos que les va a matar es algo pasajero, que se van a recuperar. No resulta difícil engañarles en ese sentido. Sorprende descubrir qué fácil es hacerlo, incluso con los individuos más lúcidos. Y no es que se aferren a la vida. No es que se engañen. Creen que mañana despertarán sanos porque es lo que ha ocurrido las otras veces que han estado enfermos. Hay como una incapacidad final para imaginar que a pesar de que todo siga igual, ellos ya no van a estar. Todos sabemos que vamos a morir. Pero después, no ahora.

Efraín lo miraba y veía que bajo aquella piel serena había, encerrado, un animal feroz, que se agitaba y revolvía en busca de salida. Aquel discurso le estaba causando una angustiosa sensación de irrealidad.

Cuando salió —con la disculpa de ir a cambiarse, falsa, pues sabía que no iba a volver—, además de aturdido, tenía un malestar físico (llegó a pensar que le había puesto algo en el licor). Nunca quiso explicar por qué no quiso volver a la casa y sobre todo por qué no asistió al entierro. Es muy posible, aunque resulte extraño, que ni siquiera él lo supiese. Tal vez sentía una oscura amenaza. Algo había que nunca se atrevió a confesar.

Días después se encontró con el cura en la carretera y le preguntó si sabía que aquel hombre vivía con su madre.

—Yo no. ¿Y usted? —y el cura pareció sinceramente interesado.

Después le preguntó si la había llegado a ver, y claro que la había visto. También el médico, que tuvo que firmar el certificado de defunción. Tal vez nadie más.

—Oiga, ¿usted se ha peleado con él?

Ahora preguntó el cura. Efraín creyó advertir que había algo que evitaba decirle. A continuación le contó el cura que al entierro sólo habían ido ellos dos, él y aquel hombre; que había tenido que llevar el ataúd en una carretilla y que se le había caído una vez al suelo; y que todo el tiempo el hombre se había lamentado porque con lo poco que pesaba, la pobre, dos se habrían bastado para llevar la caja y para bajarla y que no habría sido necesario que el cura interrumpiese la ceremonia para echar una mano con las cuerdas. A través de aquella sucesión de imágenes, se hizo visible lo que había creído que le ocultaba el cura.

Era la segunda vez que intentaba criar conejos, y ahora, lo mismo que la vez anterior, se le morían todos en apenas una semana.

Cuando volvía de tirar a la coneja —un animal enorme, de una gordura atrofiada, una masa informe que parecía generar espontáneamente crías, mera materia excedente que ya no lograba asimilar—, le pareció ver, a lo lejos, al sastre, que entraba en casa. Después de tantos días sin verlo, volvía a ser consciente de que no vivía solo en la aldea, y aunque lo sabía no por ello dejaba de resultarle sorprendente. También le sorprendía la animosidad que ahora sentía él por aquel hombre.

Tras los conejos, si bien más espaciadamente, empezaron a morirse las gallinas, después de estar varios días poniendo huevos negros.

La primera nevada del invierno llegó con retraso, hacia el año nuevo. El frío intenso, que Efraín temía iba a ser fatal para sus animales enfermos, extrañamente debilitados, tuvo sin embargo un efecto reparador. Pero en cuanto la nieve se deshizo decayeron otra vez. Antes de que muriese la última gallina, cayó también enfermo el marrano, que aún no había matado porque no había hecho suficiente frío, y que pensaba matar uno de aquellos días. La mañana en que lo encontró muerto amaneció con otra nevada. De la puerta de la cuadra partían unas pisadas, nítidas, que fue siguiendo con creciente asombro, primero por la aldea y luego por el camino del cementerio, adonde parecían dirigirse. La puerta estaba abierta, y allí mismo las huellas se perdían. Al principio no vio nada, tal vez porque de manera involuntaria dirigió toda su atención a la tumba más reciente. Lo vio cuando se disponía a irse. De uno de los brazos de la cruz que había en la tumba de su hermana, que parecía que habían intentado arrancar, estaba colgado su perro. Tuvo una sensación de horror como nunca había sentido. Deshizo el camino corriendo. Entró en casa y cogió la escopeta. La cargó y se dirigió a zancadas a la casa del sastre. Pero no fue por la puerta, sino por el corral. No quería pedirle explicaciones. De una manera irracional, lo único que buscaba era matar a su caballo. Saltó la pared y lo primero que vio fue el coche, que no estaba a cubierto. La nieve sólo se había acumulado sobre ciertas líneas, como si lo adornase. Cerca, un bulto sobre el que la nieve no había cuajado resultó ser el caballo. La piel tenía grandes agujeros, a través de los que se veían huesos, que hacían el efecto de que el interior hubiese tenido una nevada propia. Intentó inútilmente abrir las puertas que daban a la casa. Llamó al sastre a gritos, pero si estaba no quiso contestar.

Lo buscó durante todo el día, por la aldea y sus alrededores, con una furia cada vez más serena, y más intensa. La nieve se mantuvo, y una y otra vez las únicas huellas con que se encontraba eran las suyas. Sólo entró en casa cuando oscureció. Se metió en la cama, exhausto.

No supo cuánto tiempo había pasado cuando le despertó un rumor como de muchedumbre. La casa estaba ardiendo. Tuvo que saltar varias cortinas de llamas para salir, lo que le produjo quemaduras que tardó tiempo en sentir. Lo único que se preocupó de buscar fue la escopeta.

En la calle, deslumbrado, corrió hacia la oscuridad, algún lugar en el que no ser visto. Desde allí vio que había otra casa ardiendo.

Pasó toda la noche en vela, tiritando, atento a todos los sonidos, en el interior de un pajar. A medida que avanzaba la noche, el resplandor del fuego, que llegaba a una ventana alta, se fue debilitando, pero no llegó a extinguirse.

Con la primera claridad del día salió del pajar, tomando unas precauciones que, cuando vio lo vacía que estaba la calle, le parecieron humillantes. Amanecía y los restos de las dos casas, cada una en un extremo de la aldea, aún seguían humeando. Las vigas carbonizadas sobresalían entre los escombros, y cuando soplaba la brisa los rescoldos enrojecían tan nítidamente que durante un instante parecía que debajo de aquel caos de muerte había una criatura en gestación, nueva, viva, misteriosa.

El frío había impedido que la nieve caída el día anterior se deshiciera. Recorrió el pueblo entero con el mismo sigilo que si estuviese de caza y la pieza anduviese cerca. Volvió a la casa del sastre e intentó tirar la puerta.

Se subió a la torre de la iglesia y desde allí le pareció ver a alguien en el cementerio. Al bajar deprisa, tropezó y se le disparó la escopeta. Algunos perdigones le alcanzaron de rebote, ya sin fuerza. No corrió, para no cansarse. Cuando sobrepasó la última casa de la aldea, el sastre se le echó encima por la espalda, con unas tijeras enormes que le clavó en un costado varias veces. Antes de caer, Efraín intentó volverse para disparar, pero tenía el cañón de la escopeta muy bajo, y, aunque el tiro se le fue al suelo, consiguió alcanzarle en la punta de una bota, que quedó reventada, dejando al descubierto un confuso amasijo de carne, huesos y sangre.

—¡Te he matado! ¡Por fin te he matado! —se alejó gritando, y cojeando, el sastre, mientras en el suelo Efraín, con las tijeras clavadas, volvía a cargar la escopeta.

Perdió de vista al sastre, pero no era difícil seguirle, por el rastro de sangre que iba dejando. A punto de desvanecerse varias veces, lo encontró delante de su casa (la de Efraín), colgado en un chopo de una soga que seguramente había dejado preparada. Aún se balanceaba. Tenía los ojos y la boca entreabiertos. Efraín le descargó los dos cartuchos en la cara. No soportaba la idea de que no lo había matado él.

En efecto, se le acusó de asesinato. Lo más razonable era sostener una hostilidad de él (que había escogido quedarse solo en la aldea) hacia el «intruso» que a la inversa. Se juzgó que la defensa propia la había ejercido el otro.

En el juicio no dijo una sola palabra en su defensa. Eso, y que la acusación fue mucho más hábil que la defensa, desembocó en una sentencia que le condenaba a morir a garrote. Interpuesto recurso de súplica por un nuevo abogado, se conmutó la pena por la de cadena perpetua.

En la cárcel se dedicó a hacer punto. Se cubrió el rostro con un velo y por unas monedas accedía a retirarlo ante los curiosos. En dos ocasiones contó a antiguos vecinos, sin contradecirse, la historia, la que circuló por toda la región. De todos modos, siempre se comportó como si supiese algo que no quería decir.

Paredes de piedra abandonadas en el campo. Ya cuando se levantaron eran estas ruinas, lo que desmiente que haya habido ruina, decadencia.

## DON JUAN

Don Juan Requejo se casó con la hija de uno de los Prieto, una de las familias más pudientes y más serias de La Carballa. Don Juan procedía de la capital, vestía siempre de traje y ponía mucha atención en el cuidado de un impresionante bigote. Apenas hablaba con nadie y cuando, por tener que dar alguna orden o motivo semejante, lo hacía, su gesto se agriaba, incapaz de disimular el desprecio que sentía por lo que estaba haciendo. No visitaba las tabernas y sólo se le veía por la calle cuando paseaba, erguido, pulcro e imponente. Y distante, aunque pasase cerca.

Sólo se quedaron a vivir hasta que les nació la hija. Después, algo se oyó de un puesto de relumbre en una capital lejana.

A veces volvían por alguna fiesta. Entonces, sólo hablaba con el cura. Ni siquiera con el alcalde, despreciable jornalero, ni con el maestro, don Roberto Camps. Cuando salía de casa, llevaba a la niña, con la que paseaba como por un museo. A veces se paraban ante algún paisano, que agachaba la cabeza y tenía que oír la voz de don Juan, que decía: «Mira: un cerdo. Observa las uñas. Y el pelo.» O: «¿Comprendes ahora qué es un cretino?» Comentarios desapasionados, sin asomo de animosidad, meramente informativos, como si leyese la etiqueta de un objeto colocado en una vitrina. Eran paseos didácticos en los que le enseñaba a la niña cómo no debía ser, vestir, ni comportarse. Alguna vez, con gran esfuerzo, se paraba a ordenar al que le quedaba más a mano que corrigiese algo que le había desagradado en su paseo. Hablaba como si padeciese ardor, y mirando hacia un punto distinto de aquel en que se encontraba la persona a quien se dirigía. Si el otro se atrevía a responder, él se le quedaba mirando con una intensidad que inspiraba la sensación de que algo grave estaba a punto de ocurrir, hasta que la otra voz se adelgazaba en un hilo y se anulaba al fin.

Un día llegaron noticias de un accidente. Confusas versiones que se contradecían unas a otras, a las que se prestó atención sólo para rellenar los tiempos de espera de la vuelta del ganado, o de la llegada de la noche, en la taberna. Y cuando el rumor había dejado de dar que hablar, aparecieron una tarde. A don Juan, al primer vistazo, se le reconoció por su compañía: su joven mujer de madurez prematura detenida, o su madura mujer de juventud detenida, y la hija, una versión reducida de la madre. Don Juan en junto se veía que era don Juan, pero de los detalles todo lo que se podía decir era que *habían sido* suyos. Era como un eslabón intermedio entre don Juan y otro ser hacia el que estaba mudando. Como una crisálida en plena metamorfosis. Su derechura se había arqueado, su fina silueta se había ensanchado, se le apreciaba una incipiente exoftalmía, sólo conservaba algunos mechones del bigote, llevaba prendas de trajes distintos y, sobre todo, ahora hablaba con todos los que se encontraba, mirándoles a la cara e iniciando una sonrisa que se detenía cuando había mostrado la mitad de los dientes superiores.

La mujer y la hija no tardaron en volverse a ir. Lo dejaron solo, en casa de sus padres.

La crisálida empezó a frecuentar las tabernas y sus licores. Hablaba con cualquiera simulando conocerlo y le contaba algún episodio de la vida privada de sus suegros, entre gestos de aprendiz de sonriente. Se le solía escuchar con seriedad, sin valor para reír las atrocidades que salían de su boca. «Eh, tú.» Y llamando con algún apodo ofensivo inventado para la ocasión, salía corriendo tras alguno para explicarle cuál es la mejor postura del hombre cuando se encama con una mujer. Todos estaban alerta, porque, aunque disparatado, gastaba una locuacidad cuerda y metía en su discurso unos conocimientos que nadie había empleado con ellos. Había en sus palabras la desvergüenza del que se sabe impune. Y eso les paralizaba y les impedía entrar en charla y celebrar sus ocurrencias. Temían que estuviese tendiéndoles una trampa para, al incauto que osase seguirle la corriente (lo que suponía la ofensa de tenerle por el imbécil que representaba), demostrarle la autoridad con la que volvía y dar un severo escarmiento que sirviese de lección de cómo iban a ser las cosas a partir de entonces.

En algunas semanas se completó la metamorfosis. Menguó de estatura, se le ensancharon las caderas y el trasero, el bigote raleó hasta desaparecer y ser sustituido por un bozo adolescente, se calzó gafas de cristales gruesos y, aunque conservó algunas arrugas alrededor de la boca y de los ojos, se le estiró la piel como cutis femenino. Desatendió su vestuario y terminó por salir a la calle en pantalones sin planchar y camisetas interiores. Un día descubrió unos pantalones que le llegaban poco más abajo de las rodillas y ya no se los volvió a quitar. Consiguió por fin una sonrisa con la que enseñaba algunos dientes completos (con una desarrollada tendencia al amarillo), que alternaba, en sucesiones rapidísimas, con un contraer de labios en redondel, como para decir «o». Se le siguió escuchando en silencio y avergonzadamente porque, más que en él, en los demás seguía viviendo un eco que les decía que aquel era don Juan. Una noche, cuando aún se podía apreciar en él algún leve resto del que había sido, contó ante un auditorio numeroso su gran habilidad de juventud.

Su habla ya daba muestras de aceleración. Pero aún —y más si pensamos en la emisión de ruidos en que acabaría convirtiéndose— se le podía entender perfectamente. Con gestos y entonación de vendedor ambulante, de lo más inadecuados, empezó recordando las tardes de su infancia, después de comer, en las que se sentaba con sus flatulencias y se limitaba a observar (a sentir, más bien, pero como si los observase) cómo corrían los gases encerrados en su vientre. Los complicados caminos que seguían. Cómo después de vueltas y revueltas llegaban al pasadizo final. Cómo los notaba avanzar hacia la salida, placenteramente, mientras les dejaba hacer, sin sujetarlos ni empujarlos. Cómo unos llegaban al final, se detenían, hacían presión y al final, impotentes, se volvían por el mismo camino. Y cómo otros, más pundonorosos, conseguían abrir hueco y salían autónomos, sin su ayuda, mansamente, debilitándose poco a poco. Decía haber pasado así tardes enteras, observando atentamente, como si aquello fuese algo ajeno. Poco a poco, acabó por descubrir que el timbre de su voz trasera era el mismo que el de la delantera. Y entonces se propuso educar a aquélla hasta hacerla tan desenvuelta como la otra. Al principio se limitó a reproducir una y otra vez los cinco sonidos vocálicos. Cuando hubo dominado estos rudimentos, pasó a los sonidos articulados. Empezó con secuencias sencillas, del tipo de «coco», «mamá» y por el estilo. Casi como si estuviese aprendiendo a hablar. Muy lentamente, llegó a dominar cualquier combinación de sonidos, por complicada que fuese. Supo que había llegado a su meta cuando fue capaz de decir «Tenochtitlán» sin titubeos. Y para darse soltura, se dio al recitado de largas parrafadas. Después pasó al monólogo espontáneo, que, para su asombro, seguía un curso independiente de su voluntad. Como si no surgiese de él. Así llegó, y esto marcó el final de aquella época, a mantener encendidas disputas con su voz trasera. A veces acababa gritando para tratar de imponer su punto de vista. Entonces su otra voz hacía lo mismo. O llegaban a superponerse, a simultanearse las dos durante la discusión. Y, aparte de un alboroto, era en extremo desasosegante, por lo que un buen día decidió romper con aquella práctica. Y así acabó el relato don Juan, con los brazos en cruz y su sonrisa intermitente, en actitud de ponerse a disposición de su auditorio, lo que contrastaba dolorosamente con el drama que acababa de contar.

No se oyó el más mínimo ruido durante todo el tiempo que estuvo charlataneando. La escena había sido tan improcedente que nadie sabía cómo reaccionar. La reacción más lacónica, la más locuaz, la más discreta, la más neutral, el silencio, la compasión, la más ligera broma... todo podía admitir, por parte de don Juan, una interpretación ofensiva. Hacer o decir algo, no hacer ni decir nada, el simple estar allí, todo daba miedo.

Lentamente, Tomás, el alguacil, hizo un comentario respetuoso. El aire se tensó y puso todos los músculos tirantes. No ocurrió nada. Ti Belarmino, que tenía los escafoides averiados de atenazar vasos de vino, sobrio en aquel momento por el susto de la situación, una especie de espera de una catástrofe, se atrevió a decirle, blanco por lo que estaba haciendo, un «usted es un bromista». Volvió el silencio a contener las respiraciones y tampoco ocurrió nada. Don Juan los miraba intrigado, como si no supiese lo que estaba pasando. «Eunuco y pedorro, pues te quedas con Eunuco Pedorro», dijo Ti Belarmino, abrochándose el cinturón un agujero más, en gesto de aceptar una pelea. Hubo una bajada general de sangre de la cabeza a los pies, el vértigo de saber accionado el detonador. Aquello le hizo mucha gracia a don Juan, que por fin rió con grandes risotadas. No con risa ominosa de «aquí quería veros», sino con risotadas sinceramente zafias de «uy, qué gracioso». Fue el corte de la amarra que sujetaba la barca don Juan, que se perdió para siempre. Su lugar lo ocupó Eunuco Pedorro, en aquella especie de ceremonia de bautismo que daba legalidad a la aparición de un nuevo ser. Y como a todos les sonaba bien como nombre y apellido, unos lo empezaron a llamar don Eunuco y otros señor Pedorro. O Pedoro, que no perdía de vista el significado y a la vez disimulaba la ofensa, caso de que les oyese algún allegado de don Juan.

Aunque el proceso degenerativo seguía sus propias leyes naturales sin necesidad de ayuda externa, todos se pusieron manos a la obra para contribuir a su amajaderamiento. Don Juan se convirtió en un vertedero de escarnios. Y era tanto el alborozo que aquello proporcionaba que hasta don Juan se puso de su parte (de la parte de ellos), y lo único que lamentaba era no poder salir de sí para soltarse patadas junto a los demás, como si el objetivo fuese ajeno a él.

Pasados los primeros días de fiesta, el entusiasmo decreció y poco a poco don Juan pasó a la nómina de bobos y borrachos sueltos. Dejó de ser objetivo prioritario y se le retiró la atención. Como con una fiera irracional, incapaz de comprender lo que le ocurre, amaestrada a golpes, inofensiva, casi invisible de tan vista, el tiempo se encargó de borrar el ser del que procedía. Se sentaba en la puerta de las tabernas con los desocupados, con un botijo de vino entre las piernas, y le explicaba a alguna niña las posibilidades de rendimiento sexual de un hombre a los cincuenta años, ante caras que sonreían cómplices, entre las que podía estar la del padre de la niña. «Eh, Miro», podía levantarse y echar a correr tras él hasta alcanzarlo. «Echa un trago. Ya verás cómo está.» Y Miro le miraba la sonrisa con dureza y desprecio, mientras decidía si le contestaba o no. «Te he dicho que no bebo», decía al fin y se alejaba levantando una mano en señal de hartura. «Qué hijo puta», volvía Pedoro al grupo, gritando para que le oyesen y sin ver cómo a su espalda Miro, que también lo oía, hacía amagos de arrancarse furioso tras él. «Una de dos», seguía gritando Pedoro. «O es el mayor mentiroso del mundo o está borracho.» Y Miro decididamente se arrancaba a sobarle los morros.

Su verbo seguía cuerdo, no su comportamiento. Era el más listo de los tontos. Pero también aquello pasó. Lentamente su hablar siguió acelerándose más y más, y llegó un momento en el que nadie le entendía. Sólo sobresalía nítida alguna palabra. Y poco a poco sólo una. Exclusivamente una. Siempre la misma: «¿Entonces?» Los que aún se paraban a humillarle olvidaron su anterior apodo y lo sustituyeron por el de «El Entonces».

Pero incluso ese resto de inteligibilidad desapareció de su discurso, cada vez más precipitado. Un ejemplo de cómo eran sus nuevos intentos de comunicación lo podría dar este diálogo:

—Entonces, que se te cae el pantalón.
—Cate tepó totaz.

(Léase deprisa, sin detenerse apenas en las vocales.)

Después pasó por otros apodos. Sus suegros le debieron de retirar el apoyo económico. Fue cuando se le conoció por El Robavinos. Entraba en las tabernas como una ráfaga de viento, como rastro de comadreja en gallinero, y vaso de vino que andaba suelto, vaso de vino que se bebía de un trago. «¡El Robavinos!», gritaban y antes de que todos hubiesen reaccionado ya se había bebido alguno y se había vuelto a ir. Aquello no duró, claro. Nadie soltaba el vaso. Entonces, por alguna misteriosa razón, se le empezó a llamar Carlos. Pasaba algunas tardes sentado en la escalera de la puerta de Manuela, quien desde el último peldaño presidía el rebaño de hijos, todos retrasados, cada uno aficionado a tocar un imaginario instrumento de música cuyo sonido imitaban con la boca.

La mayor parte del tiempo deambulaba por la calle, sin el reclamo de la familia. La mujer y la niña no volvieron, claro. Incluso se oyó algo de que una se había muerto. Los jóvenes, que crecieron tirándole piedras y escuchando sus farfullos sin sentido, no le hacían caso. Un día se le escapó la lengua y se le quedó colgando como un trapo y ya no consiguió devolverla a su lugar. «Qué, Carlos. ¿Te estás comiendo una alpargata?», le podía decir cualquiera. En esa fase le cogieron los años en que se empezaron a ver los primeros vehículos de motor, cuando se aficionó a sentarse junto a la carretera a saludar al que pasaba. Unos respondían al saludo, otros no hacían el más mínimo caso, otros ni siquiera lo veían.

Un día pasó un coche muy bonito. Y fue más efusivo con él en sus saludos que de costumbre. El coche quiso frenar en seco (el conductor después diría que le había visto hacer unos gestos como para que parase), empezó a dar bandazos y acabó saliéndose de la carretera por el carril contrario, con tan mala suerte que en ese momento venía de frente un camión que transportaba cerdos. El camión, para esquivar el coche, giró y se salió también por el carril contrario. No es difícil adivinar por qué punto se salió. Quedó irreconocible (Carlos).

Cuando el conductor del coche estaba contando en el cuartel de la guardia civil lo que había pasado, al cabo Serafín le dio un ataque de risa que el sargento no consiguió atajar, lo que tomó por insubordinación y fue motivo suficiente para que lo degradaran a mero número.

Ti Micaela se ofreció para que el funeral se hiciese en su casa (los suegros pretextaron algo absurdo que nadie escuchó, porque, aunque hubiese sido verdad, a nadie habría interesado). Ti Micaela tenía una tienda, por lo que aprovechó la ocasión para vender lo que en los funerales se obtiene de manera gratuita: aguardiente, anís, coñac, quizá alguna magdalena... La mayoría de los presentes eran jóvenes. Así que el negocio fue redondo. Ya se sabe: Esta ronda la pago yo, esta yo, ahora pago yo otra... A eso de las cuatro de la madrugada, alguien empezó a inventarse y a recitar como una plañidera las virtudes de Carlos y aquello fue creciendo como una bola de nieve cuesta abajo. Hasta se llegó a decir que era el mejor compañero de farras (lo que era sin duda una extravagancia). Alguien se acercó, cogió a Carlos delicadamente por el colodrillo y le levantó la cabeza para que bebiese de su vaso. Todos le imitaron. Unos cuantos salieron a la calle profiriendo rabiosos gritos contra la injusticia de que Carlos hubiese muerto. Cerca del alba se decidieron a levantarlo del cajón. Lo llevaron a hombros, como si fuese un héroe, por todas las calles del pueblo. Con aquellas heridas horrendas, zarandeado por una partida de borrachos, el espectáculo era espeluznante. Los que participaron en el tumulto nunca se pusieron de acuerdo. Unos dijeron que habían bajado al río; otros, que cogieron el camino de Gramedo; otros, que el de Peica; otros, que el del bosque de... En fin. Lo cierto es que reaparecieron a la hora del entierro. Y que con ellos ya no estaba Carlos. Nadie sabía dónde se había quedado. La primera medida, naturalmente, fue suspender el entierro. La segunda, encerrar a los alborotadores en el cuartelillo. Para declarar. (Estaban como para declarar.) Cuando estuvieron serenos, también ayudaron a buscar al pobre Carlos. Lo buscaron durante dos días y no apareció. Al tercer día se hizo correr la noticia de que había aparecido (¿cómo se dice volver a la muerte desde el mundo de los vivos?). Los mozos volvieron con una caja en cuyo interior se oía un balanceo de cascotes y los suegros no se atrevieron a abrirla. Dieron por bueno el hallazgo y la caja pasó al panteón de la familia en una rápida ceremonia.

Un día, no mucho tiempo después, alguien inventó la leyenda de que no estaba muerto. Y que se había ido para volver don Juan. Lo dijo con tanta gravedad que produjo escalofríos. Después se preguntaron unos a otros quién era don Juan.

*La Carballa*
*Los Prieto*
↓
Don Juan Requejo ——— hija
casado
↓
hija

Alrededor de la ermita apenas hay árboles. Brezos, escobas, carrascos, troncos incipientes... el embrión de un bosque. Las hojas de los robles están secas, pero muchas aún no se han caído. Vistas desde lejos constituyen el color del invierno.

Ocultas, confundidas entre la maleza, las varillas de los cohetes lanzados en alguna fiesta aguardan que alguna mano infantil las rescate de su invisibilidad. Unas son descoloridos tallos de juncos. Otras, astillas de sección cuadrada, procedentes de algún madero de desecho. Todas tiene la mancha del hollín que delata su vuelo.

No son únicas. Son más bien palos comunes. Aunque nunca se repitan, no son irrepetibles. Han subido mucho, y ha habido un momento en que se han parado antes de caer. Ese punto es el que hace que no sean un simple junco o una mera astilla. Ese punto es su secreto.

## LA AVERIGUACIÓN

En el archivo parroquial de La Carballa hay unos papeles que seguramente acabaron conservándose por accidente. La letra revela que son de finales del siglo XV, es posible que de alguno de los conocidos años más desapaciblemente secos de la época y más castigados por la peste negra. Año, pues, propicio a la caza de brujas, aún presente el fracaso de las Cruzadas.

En el encabezamiento del escrito aparece un nombre: «Yo, Juan de Madrigal...» Nadie con ese nombre aparece registrado en las actas de bautismo en un razonable espacio de tiempo anterior. Debe ser, pues, alguien que llegó de fuera. Sí aparece, sin embargo, en el cuaderno de los enterramientos del año (¿el mismo del escrito?) 1476 (con la anotación de «dásele christiana sepoltura», anotación que falta en el resto del cuaderno de esa época, como si a los demás no los hubiesen enterrado, o no debidamente). El documento parece mutilado y, aunque tal vez falten las hojas en las que se explica el motivo de su presencia en el lugar, leyendo con atención lo que ha quedado se puede deducir que el autor es un dominico, o un mercedario, llegado para aclarar un caso de brujería.

El hombre llega un frío sábado de octubre y le reciben el Alguacil, el Escribano y el «Predicador» (lo llama), «sanguíneo y melancólico». Hace noche en «la» posada. Le explican —aquí empiezan los datos de interés— que el niño apareció muerto en el arroyo de Juan Peña (topónimo que ha desaparecido), por debajo de la cabaña de «la vieja». Anota, entre farragosas explicaciones sobre quién le informa y a qué horas (con divisiones del día propias de monasterios), algunos detalles. La cabaña dista del pueblo media legua. La vieja vive sola desde su juventud. El niño, que tenía nueve años, era el séptimo hijo de un Abilio Lobato, labrador, y lo encontraron tendido, con la cabeza sumergida en el agua, como si buscase algo. Madrigal pide ver el cuerpo. Se entera de que, desoyendo la orden de la que envió recado, le han dado sepultura. Efectivamente, en el cuaderno de enterramientos hay un Bernardo Lobato, que hace el número siete, en el cuaderno de bautizos, de los hijos de Abilio Lobato y Juliana Lobo.

En las diez siguientes hojas el religioso consigna datos referentes al pueblo: quinientos habitantes; ciento doce familias; ¡ochenta y tres casas abiertas con fuego permanente!; setenta y ocho pajares; doce corrales de ovejas; seis pilones; dos pozos de agua bebedera del común. No entendemos esa minuciosidad. Pasa a las ocupaciones: diez pastores, dos herreros, un molinero, cuatro tejedores, un tendedor (que no sabemos lo que es), siete pobres de solemnidad... Sigue con la extensión de las tierras pastizales y las de labor, orilla del pueblo; los cultivos, en los que predomina el lino y falta, naturalmente, la patata; árboles frutales —entre los que incluye, junto a manzanos y ciruelos, los castaños—, monte y leña; distancia a los pastos de verano en las montañas; canteras de piedra y de losa y variedad de caza. Parece como si hubiese empleado todo el día siguiente en acarrear noticias —lo vemos preguntando con paciencia, insistiendo y anotando— para levantar un exhaustivo plano del terreno que visita. Doscientos veinticinco perros —acaba, con tinta y letra algo distinta, como la de días posteriores— y más de setecientos gatos, número al que imprime un relieve que no entendemos bien, y cuya importancia olvida, o pospone, explicar.

Tras el larguísimo inventario, en el que —aunque no se consignan— nos parece estar viendo hasta cada guijarro de las calles y cada hierba del camino, el fraile anota que visita la casa del rapaz. Y habla de una cuadra para animales altos en la que faltan los animales. El fuego está en una esquina y, como no hay chimenea, el humo asciende y se escapa filtrándose por el tejado de paja. De tres ganchos cuelgan un atado de cebollas, un espinazo y una manta de unto, que sudan sobre el suelo de tierra negra, por el que se ven restos de comida. Apenas hay luz. Entra alguna claridad por un alto ventanuco sin cristales. Hay tres niños. Dos casi recién nacidos, en un lecho de paja, desnudos y manchados de sus propios excrementos. El tercero persigue a un ratón asustado que corre junto a la pared. Cuando se asoma el fraile, el niño se detiene. El ratón, libre de la persecución, husmea como un cerdo en miniatura («un marrano ruin») en su corte. El fraile no consigue sacar al rapaz una palabra. Concluye que es cretino. Cuando sus ojos se acostumbran al humo, ve poco más que cuando se asomó. Unas velas empezadas de una cera oscura tiradas en un rincón y lo que toma por trofeos de caza: tres pares de cuernos, no sabe si de corzo. Los casi recién nacidos no se mueven, y él se pregunta si no estarán muertos. Sale mareado y se encuentra con un hombre y una mujer muy delgados, de color de vómito, que traen al hombro un atado de varas recién cortadas. Les acompañan dos rapaces que se ocultan detrás de sus padres. Apenas consigue hablar con ellos. Se cierran en un «Fue ella» temeroso y como aprendido. Y de ahí no los saca. Cuando desiste y se marcha, le parece oír risas ahogadas. Y al darse vuelta sólo alcanza a ver cómo se giran ellos apresuradamente. Ve que por detrás la mujer lleva enganchados los bajos de la falda, como remetida en alguna otra prenda. Ve sus blancos muslos. Vuelve turbado a la posada, reza y descansa. Cuando se despierta pregunta por la misa. Le dicen que se ha dado («se dio», escribe, inversión de tiempos típicamente galaica), mientras él dormía. «Extrañas costumbres.» No sabemos si escribe menos de lo que piensa. No se encuentra con ánimo para ir a la cabaña de la vieja. Por la tarde, dice, sube a la parte alta del pueblo, desde la que se domina una gran panorámica, y ve muchas tierras aradas y, en medio de cada una, una hoguera y, alrededor, un coro de danzantes que a veces se ponen por parejas espalda con espalda —lo que le parece indecoroso— y gritan algo que no entiende. Cuando baja y hace preguntas, no sólo no le dan explicaciones, sino que le niegan lo que ha visto. «Quizás estea fatigado», consigna, como si, aturdido, un poco les diese la razón.

En otra resma de páginas —cambia ligeramente la letra; los trazos verticales tienden a separarse hacia la derecha por la base— refiere cosas de otro día —seguramente el siguiente, aunque no lo dice—. Temprano visita al predicador (¿por qué lo llama así? No puede ser peyorativo) en su casa. Tiene que esperar a la puerta porque tarda en abrirle. Lo encuentra desaseado y con ojeras, como si acabase de abandonar el lecho. Del dormitorio llegan ruidos que no identifica. El predicador no da muestras de oírlos. Al preguntarle por la misa, dice que a eso iba. Salen a la calle y en el camino de la iglesia le pide al fraile que lo espere un instante y entra en una casa. Sale al poco, y tras él un rapaz que echa a correr en dirección contraria. El toque de campana le suena torpe y desacompasado. No sabe si juzga con excesiva severidad, pero le parece que en los bancos hay demasiado polvo. Agacha la cabeza y permanece con los ojos cerrados durante todo el oficio. Sólo los abre para recibir la última bendición. Gira la cabeza y comprueba que hay muy pocos fieles, algunos de ellos niños. Ve que el predicador es zurdo y que está haciendo al revés («todo viceversa», dice) la señal de la cruz. Después le advertirá de lo grave de su error. Se lamenta de una manera paternal de lo descuidado de la instrucción religiosa de los rústicos. El predicador le pregunta si ya ha dado orden de prender a la «bruja», dice.

Por la tarde cubre la media legua de camino hasta la cabaña de la vieja. Encuentra una choza de ramas que aprovecha el hueco de una peña, escondida entre árboles («entre carbayos», es más preciso). La vieja está sentada en el suelo, tejiendo con mimbres una cruz, lo que al fraile da mala impresión. La mujer se asusta y deja lo que está haciendo. Intenta hablar con ella, y ella sólo parece querer escapar. Cuando nombra la palabra niño, la vieja se sosiega y dice cosas inconexas. «El rapacico se murió.» «Él no ha venido todavía.» «Papá y mamá no quieren porque yo soy más.» «No quiere su dinero.» Antes de dejarla, la mujer dice «Cuánto tarda», mirando al cielo. Y cuando se va, la deja llorando y repitiendo «Lo mató el agua, lo mató el agua». Llega a la posada angustiado. Manda llamar al alcalde y redacta la orden de encierro de la vieja. Anota que está confundido y que deberían haber enviado a alguien con experiencia en esas averiguaciones. Se interesa por saber por qué aquella mujer vive tan apartada. Entre lo que le dicen unos y otros, reconstruye los trazos gruesos de su historia. Era de linaje alto, casó con un labriego contra la voluntad familiar, y al marido lo mataron, estando ella encinta, en un monte cuando hacía de arriero con un carro prestado, una noche de tormenta, resume.

Al otro día —ahora sí lo dice— empieza escribiendo: «Ahora lo sé.» Y pasa a contar los movimientos de ese día. Dice que durante la misa, a la que va más gente, que, como el día anterior, contesta a las oraciones con una especie de rumor inarticulado, ve un gato dormido a los pies de la Verónica (¿fue aquí cuando volvió atrás a anotar el número de gatos? Parece la misma letra).

Sale al campo abierto a andar. Encuentra a dos labriegos que maniobran («operan con las manos») en un espino con una cinta colorada. Los hombres, que no han advertido su presencia, por estar de espaldas, hablan, y el fraile oye el final de lo que dice uno y parte de lo que le contesta el otro. «… esta luna.» «Si a mí me viviesen todos…» El fraile interrumpe —ellos se sobresaltan— y, por hablar de algo, les pregunta por la sequía. «Ahora no tardará el agua.» El otro mira con reproche al que ha hablado y tira de él para alejarse juntos. Poco más allá, escribe el fraile, «me di cuenta. El niño del que la pobre turbia hablaba». Y aquí se interrumpe el escrito abruptamente.

Sólo queda añadir algo que puede tener o no relación con este asunto. En el cuaderno de enterramientos está anotado el de otro niño, pocos días después, también de nueve años y que, consultado el registro de bautismos, resulta ser el séptimo hijo de otra familia numerosa.

Hay lugares que resultan invisibles tanto para el que llega como para el que nunca se ha ido. Sólo puede verlos el que vuelve.

¿De dónde salió el cantar que dice: «Peñas de la Fervienza, quién os pisara, aunque fuera de noche, y aunque nevara»?

## EL MATADERO

Ti María la Raneira era toda una institución, pues ella sola constituía el matadero. Era asombrosa la facilidad con que se morían algunos animales en sus manos. A los aterrados conejos, que no paraban de sacudir las patas cuando los cogía, les daba un cachete suave, que incluso parecía que no les había acertado, y se quedaban quietos, uno creía que porque temían que les fuese a dar otro más fuerte. Pero no era eso. Es que estaban muertos.

Las gallinas, inmovilizadas entre sus piernas, parpadeaban y miraban todo con atención, llenas de vida, porque no veían el cuchillo que tenían hundido de lado a lado en la cabeza y del que caían lentas gotas de sangre, tan lentas que la gallina parecía que acababa por dormirse, los ojos velados por una telilla.

A las ovejas las dejaba atadas por las patas en el suelo, les atravesaba el cuello por debajo de la oreja con un cuchillo largo y tiraba de él hacia delante, cortando tráquea, arterias y músculos. Enseguida se formaba bajo ella un charco oscuro y se quedaba quieta. Parecía que tenía dos bocas: la suya, pequeña, cerrada, pero en la que asomaban los dientes, tras el labio caído, y otra más abajo, enorme, atroz, abierta.

Con los cabritos hacía lo mismo, pero éstos desde que los sacaban del corral debían de adivinar su destino y se pasaban todo el camino balando patéticamente.

Los dueños los llevaban cogidos por las patas traseras. Los animales hacían resistencia con las delanteras, que iban trazando surcos en la tierra. A veces las doblaban, como si se pusiesen de rodillas y llegaban con ellas tan desolladas que de haber sobrevivido habrían quedado inválidos.

Los cerdos cada uno solía matar los suyos, pero en algunas casas era ella quien lo hacía. A los niños que asistían les enseñaba cómo le iba llegando la muerte al animal. Apenas empezaba a caer el chorro de sangre en el caldero, demostrando sus conocimientos de anatomía le clavaba una aguja de hacer punto y hurgaba con ella sepultada en la carne hasta que daba con el corazón, que ensartaba. Soltaba la aguja y la parte que quedaba fuera se movía a un lado y a otro, como un péndulo invertido, al principio muy deprisa, cada vez más lentamente. Les explicaba las contracciones alternativas de cada esquina del corazón desclavando la aguja y volviéndola a clavar en otro punto que proporcionaba una oscilación distinta. Cuando la aguja dejaba de moverse, daba una palmada en la panza del animal y le decía palabras cariñosas, que daban lástima.

Algunos de esos niños se acostumbraron a esas manipulaciones y cuando se despeñaba en la cantera del Asno el cuerpo de algún caballo, alguna vaca muerta, acudían a pincharle, a clavarle navajas y a apretar los labios de las heridas que le hacían, para ver si salía algo.

Una vez tuvo que matar a un toro que embestía. Primero lo cegó clavándole en los ojos sus queridas agujas. El animal, que había opuesto mucha resistencia a que lo sujetaran, se quedó manso y se dejó hundir un cuchillo por detrás de la cabeza. Cayó de espaldas, con las cuatro patas tiesas apuntando al cielo, como una mesa volcada.

A los terneros les tapaba los ojos.

Ti María la Raneira estaba casada con un hombre

que siempre estaba fuera de casa, repartiendo las gaseosas que se embotellaban en un pueblo de los Valles. Viajaba en un carro con toldo verde tirado por una mula, y tenía parte de una oreja, todo un carrillo, el labio inferior y un trozo del mentón, de carne de pulpo (el mismo color, las mismas ventosas). Decían que era un antojo. Como era un hombre de muy buen carácter, los niños no le tenían miedo. Ella hacía vida de soltera, y, como ellas, vivía en un cuarto mínimo, con un fuego, una mesita, una cama y para de contar. Él murió antes que ella. No tenían hijos.

En medio de praderas, de tramos de pedregullo o de tierra de labor, lo mismo en laderas que en hondonadas, afloran por toda la región peñas con idéntica inclinación —unos 45º— y orientación —SW-NE—, lo que proporciona una impresión de paisaje en movimiento, como de estar de paso. Parecen los pies de un suelo que se marcha.

## UN REGRESO

El hijo de Litango y de Ti Teresa la Barbuda fue de los últimos en marchar a América y, sin embargo, de los primeros en volver. Alquiló una casa, pero no de las mejores; apenas un pajar, lo que hizo suponer que venía por poco tiempo. Era verano.

Por las mañanas daba un paseo en solitario, no se sabía bien por dónde. Comía en el comercio de Ana María y se pasaba la tarde sentado a la puerta de la casa, que daba al mediodía. Quienes supusieron que llegaba buscando mujer quedaron desconcertados. Tenía dos vecinos. Delante, Manuela y Ti Josepín, que tenían un buen rebaño de rapaces. Y al lado, Quintina, que había vivido siempre con su hermano, el cual había muerto unos meses antes (se decía que se había quedado un poco chiflada). Todos los días hablaba con ellos.

Un día de la segunda semana de su estancia, uno de los más calurosos, a la vuelta del paseo, vio a la puerta de la que había sido su casa familiar al nuevo propietario, don Pablo, un médico retirado que no era de La Carballa. Lo era su mujer, que siempre quiso volver al pueblo y que apenas lo hizo murió. Tuvieron cinco hijos, tres varones y dos hembras, una de ellas retrasada, con la que vivía el padre y que se ocupaba de cocinar, de lavar, de limpiar, de hacer las cosas de la casa. Tras una pausada presentación, el indiano le preguntó si tendría inconveniente en enseñarle la casa. El médico quedó confuso unos instantes, pero se sobrepuso enseguida y contestó que sí, que por supuesto. Entraron y le fue enseñando cada habitación, comentando cada cambio que había hecho y a qué había sustituido cada cosa. «No sé si lo recuerdas», decía a cada paso. Pero se le veía intranquilo, apresurado. A medida que avanzaban, ya no hablaba como cuando habían estado a la puerta, despacio, con la calma de los que están acostumbrados a que les escuchen. Hacía continuas bromas que él mismo celebraba ruidosamente y a las que el indiano sonreía por cortesía. Había algo alterado. Parecía de tipo irónico y no le cuadraba rebajarse a reír sus propias bromas. La planta baja era enorme. Cuando subían la escalera hacia el otro piso, el médico dijo: «Esta chica no sé dónde se mete.» Y la llamó por su nombre, simulando un grito. «Niña», volvió a llamar, y carraspeó. Más que una llamada, parecía un aviso. «No sé dónde está», añadió como para sí, pero cuidando que el otro lo oyese. Siguió enseñando habitaciones y más habitaciones. Había un pasillo e iba abriendo puertas a un lado y a otro. El indiano seguía fingiendo asombro. Pero hubo una puerta que don Pablo no abrió. A medida que avanzaban, se le veía más inquieto y menos hablador. Más sombrío. Al final abría y cerraba las puertas cada vez más deprisa, en silencio. Se saltó aquella puerta sin dar explicaciones. Cuando acabó de enseñar toda la casa, quedó como abatido. Ya no estaba inquieto. Bajó las escaleras, se dejó caer en un sillón y se disculpó por no acompañarle hasta la puerta.

Por la tarde, cuando el indiano salió a la puerta se encontró con Manuela, a la que, como siempre, preguntó por las cosas del campo. Empezaba a dar una sombra que resultaba insuficiente.

—¿El grano? Este otro día una tormenta lo mazacó todo. Cayeron unas piedras como huevos. Y luego sopló un aire que creí que nos tiraba esos chopos encima de la casa. Arrancó muchas cañas. Hasta las piedras las llevaba el aire.

Él no estaba muy atento. La interrumpió para decirle que por la mañana había estado en la casa de don Pablo. Manuela siguió hablando de lo suyo, y sólo cuando consideró que había agotado lo que quería decir, volvió a lo que él había dicho, pero, seguramente porque no había entendido bien, ella se puso a hablar de Pablo, el hermano de Quintina, el que hacía poco que había muerto.

—Con lo joven que era... Qué más da. La muerte no mira. No se sabe lo que Dios nos tiene preparado. Si iba a quedar mal, mejor que lo haya llevado. Ya ves esa mujer. —Señaló una casa con un movimiento de cabeza—. Ni ve, ni oye, ni habla. No sabe que murió su marido. Qué cosas... El médico dijo de abrirlo. Pero la hermana dijo que no. Que si estaba de morir, que fuese entero. Ya ves... Si desde niño le faltaba media pierna... Todos tenemos que ir pa allá. Pero mejor es no pensarlo. Que sea cuando quiera. —Se quedó en silencio un rato y de repente preguntó extrañada—: ¿Pero tú lo conocías?

Entonces apareció Quintina. Manuela se levantó y se fue, y Quintina ocupó su lugar. Después de unos minutos, ella preguntó:

—¿Tú crees en Dios?

Él se echó a reír y la miró sin contestar. Ella miraba hacia delante.

—Ya —siguió—. Quienes no lo necesitan, a los que no abandona, no creen en él.

Él tardó en hablar.

—Si Dios no existiese, no es que las cosas no tendrían importancia. Es otra cosa. Es que las cosas no estarían ocurriendo. O estarían ocurriendo, pero serían otras. Esos dos rapaces que juegan ahí sería algo que estaría ocurriendo, pero no serían dos rapaces que están jugando, esa cosa tan clara, con tanto sentido. Sería... —Hizo un gesto de impotencia, como señalando el aire—. Sería espantoso.

—Soy una pobre ignorante, pero me parece que te has hecho de otra religión. De una religión que no hace sufrir. Cuando resucite la carne, ¿los cojos volverán a ser cojos?

—Cuando resucite la carne, los cojos nunca habrán sido cojos.

—Eso es otra religión. —Y se levantó para irse—. Tú no...

—Quintina. Me han dado unos meses de vida. He vuelto para morir aquí.

Ella se fue, como si no hubiese oído.

Al final de la tarde, cuando empezaba a interponerse la sombra entre las cosas e iba remitiendo el calor, Quintina reapareció y se sentó otra vez junto a él.

—Antes vine para esto y al final se me pasó: Quiero hacerte un regalo. Quiero regalarte la marrana.

Él rompió a reír.

—No lo puedo aceptar, Quintina. Pero si es lo único que tienes...

—Por eso. No te puedo regalar nada más.

—No. De ninguna manera.

—No me la rechaces —le dijo con una tristeza que le conmovió—. Déjame que te la regale.

—Pero, Quintina, ¿para qué quiero yo una marrana?

—Tú no sabes lo hermosa que está.

Lo dijo con una luz en los ojos, que él estuvo a punto de decir que sí.

—Por favor, no insistas, porque no voy a aceptarlo.

Quintina se levantó. Parecía querer decir algo que no le salía.

—Qué calor hace hoy. ¿No tienes calor con ese traje?

¿Por qué todo un barrio acaba tomando el nombre de una persona determinada y no de otra? ¿Por qué el barrio en el que estuvieron las casas de los comerciantes, las casas burguesas, de sillar, dos plantas y grandes ventanales, acabó llamándose de Perillán y no de Baltasar, ambos vecinos y contemporáneos? ¿Qué genes secretos guardan los nombres para que unos se conserven durante generaciones y otros se apaguen en silencio como especies acorraladas y agotadas en su lucha por sobrevivir?

## OTOÑO

—Mira, Rosita: yo sé que te lo has llevado tú. Dime dónde lo tienes antes de que venga el cabo, que él no tiene tanta paciencia y a lo mejor te hace llorar.

El guardia civil hablaba sin poner mucho interés, como si estuviese cansado. La chica lo miraba con atención y con una sonrisa lela que acentuaba su retraso.

—¿Me estás oyendo?

La chica tardó en reaccionar y por fin afirmó con rápidos movimientos de cabeza.

—Sí, pero como si nada, ¿no? —Ella se limitó a sonreír—. ¡Joder! —El guardia miró al techo con todo el cuerpo crispado—. Bueno, vamos a ver: ¿me lo vas a decir? ¿Eh? Di. ¿Me lo vas a decir o no?

—¿El qué?

El guardia cabeceó, paciente.

—Hala, vete a casa. Mañana te llamará el cabo. Ya verás lo que es bueno. Venga. —Y le hizo un gesto despectivo para que se fuese.

—¿Ya está? —El guardia repitió el gesto—. ¿No me lleva detenida?

—Tú ya estás detenida —dijo él en voz baja, mientras se ponía el tres cuartos, de espaldas a la chica.

Cuando salió a la calle, la chica juntó las manos, miró a lo alto y dijo:

—Gracias, san Antoñico, por hacerme caso. Ahora

no puedo ir a rescatarte, que tengo que picar berza para los marranos.

Y se alejó corriendo.

Cuando el sol desaparecía tras los montes, la noche surgía como de la tierra e iba ocultando las cosas de abajo arriba.

El guardia sólo pudo oír las ramas aventadas de los chopos, invisibles ya, cuando salió del cuartelillo. Hacía quince días que el otoño había llegado, abatiendo hojas y barriendo los caminos. Del fondo de la oscuridad salió el siniestro canto de la lechuza. Recorrió el trecho que le separaba de las primeras luces con paso largo y lento, como si midiese. Ya cerca de la taberna, se encontró con Onorio, el soltero que estaba a punto de jubilarse sin haber conseguido un solo ascenso en toda su carrera.

—¿Se lo sacaste?

—Qué va. Me da pena de la pobre. Porque cuando venga el cabo, a él le va a dar igual que sea fata. Y se lo va a sacar a golpes.

—Bueno, venga, rapaz, que mañana tenemos el primer turno de patrulla.

—Voy a echar un trago.

—¿Un trago? Yo sé a lo que vas. —Y le dio una palmada en el hombro, como si estuviese al tanto de algún secreto.

En la taberna de Eugenio, un cuarto de forma rectangular, con techo bajo y todo enmaderado, sólo había dos jóvenes, que simulaban beber mientras no quitaban ojo a la chica, que, tras el mostrador, se sabía observada y fregaba vasos con fingida concentración. En un rincón, como disecado, la eterna presencia del abuelo, inofensivo vigilante, mero amuleto.

El guardia se sentó a una mesa. Sin que hubiese pedido nada, la chica se acercó con un vaso y una botella.

—Siéntate un momento, haz el favor, Marina.

—Ya está todo dicho. No te atormentes más, anda —dijo con ternura y se alejó hacia la mesa de los jóvenes, que iniciaron una falsa conversación. Retiró los dos cascos vacíos de cerveza y se volvió a meter tras el mostrador.

El guardia se sirvió un vaso, se lo bebió de un trago, dejó una moneda y se marchó.

\*

Rosita se levantó poco antes del amanecer, salió de casa sin hacer ruido y cogió el camino del cementerio. Había pasado toda la noche despierta, pasando del fugaz remordimiento por haber sido tan severa e impaciente con el santo, al largo recordar de cada rasgo del mozo que se le había concedido.

Sus escasas luces le habían revelado de repente, dos semanas atrás, que estaba sola. Como si durante un paseo con sus amigas todas hubiesen echado a correr sin esperarla. Ya ninguna tenía tiempo para ella. Aquello la había cogido por sorpresa. No sabía cuándo había que correr. Ni siquiera que había que correr.

Al principio estaba perdida. Era como un perro al que se le hubiese muerto el amo. Y de repente aquel día se había dado cuenta. Su irracionalidad había dado un salto y durante un momento, antes de volver a caer por debajo de sus nieblas, había visto dónde estaba. Otro fogonazo, días después, le reveló que tenía que imitar a las demás: aislarse del mundo, como todas ellas, con un mozo. No sabía bien por qué. Pero era lo que habían hecho todas. Tenía que imitarlas. Visitó la ermita y le pidió ayuda a san Antonio. «Tienes que ayudarme. A todas les has encontrado uno. Yo también te traigo flores y regalos.» Y no pedía que fuese bueno, o guapo, o listo, porque no comprendía bien lo que pedía. Durante una semana le llevó ramos desparejos de flores que amanojaba sin seleccionar, piedras del camino de las que se encaprichaba y llevaba, como joyas, consigo a todas partes, frutas a las que con esfuerzo renunciaba. Pronto, su impaciencia la llevó a ser insolente. «No me estás haciendo caso. Yo te traigo lo mejor que tengo, y tú... y tú sin hacer nada. ¿Quién te ha traído tantas cosas? Me estás enfadando, san Antonio.»

Transcurrida una semana, Rosita dejó de llevar regalos. «No te quiero, san Antonio. Ya no te voy a traer nada. Y no te olvides de que me debes algo. Te doy sólo tres días. Escucha bien: tres días.» Y durante los tres días fue aumentando sus amenazas. «Te la estás ganando, santico. Ya sólo te quedan dos días.» Y el pedido no llegaba. Rosita ni siquiera miraba los caminos. No se había parado a pensar por dónde podía llegar el mozo. Ni siquiera sabía que no sabía si simplemente podía aparecer, sin venir. «Qué mal vas a pasarlo. Ahora te ríes, pero espera, que verás.» Esperó al último día no porque confiase en el milagro, sino porque había dado palabra de esperar tres días y no imaginaba que podía interrumpir la espera. Al tercer día se presentó a la caída de la tarde. «Muy bien. Pues si no es por las buenas, por las malas.» Arrebató la talla de su peana, se la guardó bajo las ropas y cogió el camino del río. Ya era casi de noche cuando llegó al puente de tablas. Con un cordel que llevaba en el bolsillo, ató los pies del santo y lo colgó cabeza abajo de uno de los maderos, dejándolo a un solo palmo del agua, que corría turbulenta, saltando, lanzando al aire las gotas de sus manos. «A ellas se lo trajiste. A todas. A ver por qué a mí no.» Y después de mirarlo un rato, le acarició la cara y le habló como a un niño. «Aquí hay culebras. Y peces que muerden.» Cuando se fue, ya no se veía la sonriente cara de la figura.

Al día siguiente volvió a la misma hora. «Ya se te ha puesto otro semblante. Vas entrando en vereda.» La figura estaba cubierta de pequeñas gotas, como si sudase. Soltó aún más la cuerda, hasta que el santo quedó bajo el agua. La cuerda se puso tirante, inclinada por el empuje de la corriente.

Al otro día Rosita no esperó a la tarde. Poco después de amanecer bajó al río. La cuerda estaba rota y colgaba balanceándose en la brisa. Rosita recorrió la orilla corriente abajo y encontró al san Antonio atascado, junto a algunas hojas, en una rama cruzada. «Estás muerto. Ya te moriste. Ahora te voy a enterrar, y ya verás qué oscuro y qué frío vas a estar. Y después te vas a quemar en el infierno. Ya te lo tengo preparado.» Rosita ya no tenía la intención de cambiar la conducta del santo. Sólo quería castigarle. Llevó la talla, golpeada y húmeda, al cementerio y la dejó caer por el hueco de una losa rota, y cubrió el agujero con hierbas y tierra.

Esa misma tarde, el guardia civil Lorenzo, que había oído, como todos, que Rosita llevaba tiempo frecuentando la ermita, la llevó al cuartel. Durante todo el camino fue muy amable con ella. «Sólo quiero hacerte unas preguntas que creo que tú sabes... No tienes novio, ¿verdad?» Y de cada palabra Rosita hizo su interpretación.

\*

Casi a la misma hora en que Onorio y Lorenzo salían de patrulla, Rosita se escurría por las callejas aún dormidas. Camino del cementerio, fue apareciendo a lo lejos ante ella el resplandor del sol, a punto de salir. Retiró un fragmento de la losa y vio al santo tendido boca abajo entre lo que no supo si eran piedras o huesos. Se tuvo que tumbar y estirar para alcanzarlo. Lo limpió con las mangas y lo abrazó y lo mimó como a un perrillo que había tenido. «Ay, san Antonio, qué buenico eres. Lo que me has hecho sufrir. Ya creía que no me querías.» Y estrechándolo para que entrase en calor, corrió hacia la ermita y lo devolvió a su lugar. Quitando algunas magulladuras, estaba igual. Después corrió a casa para llegar a tiempo de echar de comer a los marranos.

Los guardias hicieron el recorrido acostumbrado. Anduvieron por el monte, dejaron pasar el tiempo ocultos tras una peña a la espera de algún cazador furtivo, y volvieron hacia el pueblo caminando distraídos. A veces soplaba un aire frío que abatía hojas moribundas.

—Ya se nos coló el invierno —dijo con melancolía el joven.

El viejo lo miró y se echó a reír.

—Tú estás muy enamorado, me parece.

El joven se paró y se puso tenso.

—Usted es imbécil.

No hubo altercado. El viejo abrió los ojos sorprendido, tratando de medir la desproporción entre una y otra frase. Caminaron separados, el joven unos pasos por delante, como si quisiera irse.

A media mañana, en la cuesta del río —el ruido y la humedad del agua se sentían muy cercanos—, se sentaron a fumar un cigarrillo. El joven ofreció fuego, cabizbajo.

Antes de que se le acabase de consumir el cigarrillo, se levantó y, como si escuchase algo, se alejó unos pasos. El viejo lo vio internarse en la maleza, y siguió fumando.

Un poco antes, Rosita, en una pausa de las faenas, había ido al cuartelillo y había preguntado por el guardia que la tarde anterior había ido a buscarla. «Es muy importante», dijo, y su cara de retrasada compuso un inintencionado gesto de alarma. El número que estaba a la puerta le explicó por qué parte del río era posible que estuviese.

Como aún le sobraba tiempo, bajó al río.

El guardia había distinguido aquella voz. Desde unos carrizos vio a Marina en la otra orilla, que lavaba ropa arrodillada y hablaba muy alegre con otra mujer. La veía reírse, enjabonar la ropa a largos restregones, sumergirla y sacudirla con energía. Se descolgó el fusil del hombro, se lo echó a la cara, apuntó y disparó. Marina cayó hacia delante. Medio cuerpo quedó dentro del agua. Una camisa blanca se fue flotando lentamente hasta la mitad de la corriente y allí la arrastró el río. Su pelo suelto flotaba y parecía querer alejarse de ella. La sangre dentro del río trazó su propio río.

El viejo oyó el disparo y pensó que algún conejo acababa de morir. El joven se alejó hacia el camino, se sentó bajo un roble, se descalzó una bota, apoyó un dedo del pie en el gatillo y se encañonó la ingle.

El viejo oyó otro disparo. Tiró la colilla al suelo, la pisó y se levantó sin prisa.

Rosita bajaba por el camino, sólo atenta a sus imaginaciones. Ni siquiera oyó los disparos, tan cercanos. A veces se paraba para coger una piedra, que le recordaba alguna forma, o una bellota.

El tiempo ha triturado la pulpa que envolvía estos gneises, que estaban tan sepultados que no han sentido nunca el peso del mar, ni han llegado a oír siquiera, lejanamente, su rítmica resaca en retirada. Cuando emergieron fueron recibidos por torturados temporales que acabaron encontrándoles su forma. Aquí todavía no se deslizan las llanuras mansas, a las que el cielo hace creer que siguen bajo el mar; bajo su protección y su aventura.

## SÓLO LA LUNA ES MI SEÑORA

—Don Nicolás: que Ti Petra no quiere confesarse.

El secretario leía unos papeles oficiales, sentado a la mesa de su despacho, marcando el renglón con el dedo. El alguacil había entrado con la boina entre las manos, como si estuviese en misa.

—Muy bien. Allá ella.

—Las mujeres dicen que se avise a don Marcelino.

—Ni hablar. —El secretario no levantaba la cabeza—. No es cristiano salvar el cuerpo de un alma que quiere morir.

—Ella tampoco quiere.

El secretario levantó un instante la cabeza y suspiró.

—Es una buena mujer. —Pasó la página—. ¿Quién está con ella?

—Algunas mujeres. Y niños.

—Que se vayan.

—Son las que le llevan la comida.

—Que la dejen. —El alguacil se fue hacia la puerta—. Y vete cavando la fosa en el otro cementerio.

—Ya sabe usted que está lleno de zarzas.

—Pues mira, de paso las cortas.

El alguacil salió a la calle. Era el final del verano y soplaba un aire fresco desde las montañas. Entró en la plaza del Recreo por la calleja. Vio las cuerdas con papeles de colores tendidas de un tejado a otro, que ya tenía que quitar. Eran los únicos restos de la fiesta.

Al acercarse a la casa, la más baja (paredes de piedra y tejado de pizarra, como todas), metida en un rincón, como una dependencia —un pajar, un horno— de las adyacentes, oyó un rumor que parecía de gallinas. A medida que se acercaba, el ovillo de voces se fue deshilachando en cada una de las que lo componían. Dentro, apenas había luz. El alguacil entró sin hacer ruido y se quedó cerca de la puerta. Sólo había una estancia. Poco a poco los ojos se le acomodaron a la oscuridad. Había un sillón de mimbre, un escaño junto a la lumbre (a veces los rescoldos brillaban un instante bajo la ceniza, como si los soplase alguien, y, sin prisa, volvían a su invisibilidad), una alacena con cuencos, un sentajo y un lecho de hierba seca. En el sillón de mimbre estaba una vieja sin pañuelo sobre la cabeza, el pelo gris despeinado, y en el escaño tres mujeres, todas vestidas de negro, con las manos en el regazo; en el suelo, en la peana del hogar, había dos niños. La vieja respiraba con dificultad, y su mirada atenta a los sonidos revelaba que era ciega.

—¿Quién ha entrado? —dijo con voz extrañamente firme.

Todos, las mujeres y los niños, giraron la cabeza.

—Pasa, Tomás. No te quedes a la puerta —dijo una de las mujeres—. ¿Ya has llamado a don Marcelino?

El hombre barrió el aire con la mano, indicando la puerta, para que se fuesen todos.

—Ti Petra —dijo otra de las mujeres, levantándose—: tómese el caldo antes de que se quede frío.

Y antes de marcharse, trazó con una paja que cogió del suelo una cruz en el interior de una cazuela de barro que humeaba a los pies de la vieja.

—Rapaz —dijo la vieja, al oír que todos se incorporaban—: ayúdame a levantarme, anda, guapo. Dame la mano. —Y tendió la mano izquierda hacia el vacío.

Uno de los niños se acercó y se la cogió.

—¡No, no se la des! —gritó una de las mujeres, y el chico la retiró enseguida.

—Menuda herencia quería dejarle al pobre —reprochó la otra mujer.

—Tú qué sabrás —dijo la vieja, avinagrada. Y añadió—: Tú qué sabrás, niña. Soy tan vieja como el mundo. En mí están todos los años y todas las tierras. Soy la trucha que tu bisabuelo reventó con un cartucho de dinamita; la espiga que cayó y que no recogió nadie; el jabalí que se está enfrentando ahora a los perros de Jesús; la estrella fugaz que mañana se descolgará del cielo; el lobo que va a matar a la mula perdida en el monte hace miles de años. Tú no puedes entenderlo, hija. Ay, si yo pudiera dejaros esta herencia... Le habéis hecho una fiesta al sol para agradecerle el grano. No veis que él tan sólo aparece por el día, cuando hay ya luz. Hacéis todo al revés. Y lleváis tanto tiempo haciéndolo mal, que vuestra única salida sería moriros y volveros a morir más de siete veces. Sólo la luna es mi señora. Y todo lo que hago para darle gracias es vuestro monstruo. Hasta nuestras palabras os afrentan. Vuestra alegría consiste en que llegue la mañana. La enseñanza de mi Señora es que siempre es la mañana. Pobre niña. No sé por qué te cuento esto, si no tienes luces para comprender. Escucha tú, rapaz, y no te pierdas como ellos. Mi Señora es más poderosa que su rey. ¿Se ha atrevido él alguna vez a permanecer delante de ella en el cielo de la noche? Sal, sal y mira cómo se está burlando ella ahora en sus narices. Está en el rincón más iluminado y es casi invisible. Qué alegre y qué orgullosa es nuestra madre. —Se calló un momento y después pasó al murmullo—. El gran embaucador. Aunque luzca, es el oscuro. Él es el oscuro. Rapaz —volvió a surgir—, ven, que te voy a contar todos los secretos. ¿Tu padre ha recogido centeno?

El niño iba a responder, pero las mujeres le avisaron silencio poniéndose el índice en los labios.

—Dime. No les hagas caso. Estas pellejos son como perricos obedientes y no saben lo que hacen. Vete a casa y busca en el muelo del centeno unos granos negros, como cuernecicos. Junta un puñado y tráemelo. Anda.

El hombre volvió a hacer un gesto para que saliesen todas, y todas se dirigieron hacia la puerta. Antes de salir, una de las mujeres se volvió.

—Ti Petra. Calle, que está enferma y no sabe lo que dice. Tómese eso y duerma.

—Estoy vieja. Pero sé lo que digo mejor que tú. —La vieja advirtió, por los ruidos, que se marchaban—. Rapacico, no te olvides: sólo los granos negros. Y tú, María: llévate la sopa, que huele a cruz.

El alguacil, cuando todas las mujeres se marcharon, se quedó donde estaba, sin moverse. La vieja quedó como pensativa.

—Qué, medio hombre. Te ha vuelto a mandar algo que no te gusta. Cuitado. Pero no penes. Va a estallar una guerra y antes de que te maten te vas a desquitar. ¡Pobre cobarde! —El hombre escuchó, inmóvil, con la cabeza agachada. Miró hacia la calle, sin mover los pies—. Huye, huye, que tú solo te persigues.

La vieja trató de incorporarse. Se balanceaba para coger impulso y ponerse en pie. El mimbre del sillón crujió. Desistió al fin del esfuerzo. Se agachó y buscó a tientas, palpando el suelo con los dedos. Encontró la cazuela de barro. La cogió, la levantó, la olió y, furiosa, arrojó el contenido al suelo.

Confundidas, de repente las truchas se han puesto a saltar. Está nevando.

## UNA PELEA

Estaban a punto de empezar a pegarse. Los dos viejos se disponían a repetir la pelea que cuarenta años antes había puesto fin a su amistad. Jaime, el Rojo —el de Ti Lorenzo Vega, el del telar—, el más estropeado de los dos, que había llegado el día anterior, después de esos mismos cuarenta años de ausencia, parecía el más impaciente por empezar. El gesto de rabia, la tensión de todos sus músculos daban la impresión de que lo estaban sujetando, lo que contrastaba con la actitud del otro, Lorenzo el Mulo —pariente se decía de Pablo el de la Maragata—, que miraba inexpresivo y estólido los movimientos de su rival.

Lo primero que había hecho el Rojo la tarde anterior, nada más llegar, había sido visitar el cementerio y limpiar un par de tumbas de hierbas que se comían las lápidas, unas losas de pizarra con inscripciones tan someras que sólo se leían con un sol rasante.

Después, paseó por el campo hasta que se hizo de noche. Por la mañana salió cuando el sol aún no había asomado. Los pocos con los que se cruzó no lo reconocieron. Ni él a ellos. Siguió el recorrido más largo para llegar a la casa a la que se dirigía. La última calle tenía casas a un lado —todas las fachadas en un mismo plano— y la pared de piedra de unas huertas al otro. El sol ya iluminaba los aleros de las casas y las ramas más altas de los manzanos, de los perales y de los cerezos. Los pájaros, que no se despiertan por individuos, sino por especies, cruzaban sus gritos de unos árboles a otros, y de alguna forma hacían que se oyese el silencio de la mañana. En el aire quieto y frío, que exaltaba, flotaba una luz que parecía venir de otro mundo.

De repente tuvo la sensación de que algo siniestro le rondaba. Y vio que había alguien al final de la calle, sentado en un poyo, con la espalda pegada a la pared, la mirada fija en el suelo. Antes de llegar a él lo reconoció. El otro no se volvió, ni siquiera cuando estuvo cerca, como si lo hubiese estado esperando y no necesitase mirar para saber quién era.

Lo que más le molestó al Rojo fue que en ningún momento el Mulo le mirase a la cara. Ni siquiera más tarde, cuando estaban a menos de un metro, dispuestos a golpearse. Se limitaba a mirarle a los pies, con tanta insistencia que parecía intentar que él también mirase.

—Cuándo y dónde —dijo el Mulo, como si hablase solo.

La escena tenía algo de irreal. Seguramente el Rojo no se esperaba aquel encuentro, tan temprano, pero no tardó en contestar.

—Ahora mismo.

El Mulo se metió en casa y no tardó en salir. Cerró la puerta dando tres vueltas a una llave enorme. Durante todo el camino el Rojo, absurdamente, sólo pensó en qué haría con ella cuando llegaran.

Se dirigían al mismo lugar que entonces, hacía cuarenta años. Caminaban en silencio entre frutales plantados al tresbolillo y tierras de labor en las que el cereal apenas apuntaba. Donde el camino comenzaba a ascender se acababan los cultivos, que quedaban sustituidos por robles y monte bajo. En la cuesta la respiración de los dos viejos se hizo ruidosa.

Cuarenta años antes, al subir la misma cuesta, también habían jadeado, pero por lo ansiosos que iban por llegar al sitio convenido. Un día llevaba declaradamente rota su amistad y ya parecía que nunca habían sido amigos. Y era todo lo contrario. No habrían podido decir desde cuándo lo eran, porque en sus recuerdos más antiguos ellos ya aparecían juntos.

La familia de Jaime —que aún no era el Rojo— comerciaba con telas de lino que hacían en su propia fábrica y que tenían que salir a vender muy lejos. La del Mulo —que siempre fue el Mulo, por ser hijo del Mulo— trabajaba la tierra. De niños, ellos nunca fueron conscientes de sus diferencias. Jamás se habrían imaginado que no eran iguales, una especie de organismo repetido

Así fue hasta que cumplieron los veinte, con pocos días de diferencia. Entonces llegó ella. Ella, la madre —una chillona— y la abuela, que estaba mal de la cabeza. Las tres edades, las llamaron ellos, que las encontraron motivo de diversión durante muchos meses.

Una noche Jaime vio asombrado cómo el Mulo le llevaba un cántaro a la niña, que caminaba junto a él y se reía mucho, no alcanzó a oír de qué.

Por la mañana ni el Mulo contó nada ni Jaime hizo preguntas. Además de no darle importancia, seguramente el Mulo no sentía que le estaba ocultando algo. De alguna forma su amigo tenía que saberlo, pues eran uno prolongación del otro. Ese día fue Jaime quien puso más saña en la burla de las tres edades. «Es imbécil», dijo al final del día, un tanto furioso, algo que resultó excesivo después de tantas risas. «¿Cuál?», le preguntó el Mulo, sonriendo, pues esperaba la continuación de un chiste.

Cuatro o cinco días después fue el Mulo, que andaba con la vecera, quien vio a Jaime con la rapaza paseando muy amigos junto al río, lo que le causó un profundo estupor, pues era como descubrir que su mano, o cualquier otra parte de su cuerpo, tenía vida propia, autonomía, y hacía cosas que él ignoraba.

Esperó en vano que su amigo le contase las gracias que le había proporcionado el paseo con la imbécil. Por más que lo intentó estuvo varios días sin verle.

Después vinieron días de compañía silenciosa. Aduciendo que ya no tenía gracia, Jaime propuso no volver a hablar «de aquellas mujeres». Y fue él mismo quien rompió el trato nombrando, sin venir a cuento, un par de veces a Mercedes, que nunca más volvió a ser una imbécil.

Sus encuentros se hicieron cada vez más apagados, sin nada de que hablar. Aquellos días fueron el bisturí que separa a los siameses. Los del descubrimiento de la distancia que los separaba, que siempre los había separado.

El Mulo consiguió hacer amistad con ella. Una tarde Jaime fue a buscarlo y estuvieron andando sin hablar. El Mulo sabía que su amigo quería decirle algo y que en cierto modo se lo estaba diciendo. Cuando se iban a separar, el Mulo propuso:

—¿Nos la jugamos?

—¿El qué?

—A Mercedes.

Jaime rompió a reír, la primera vez que lo hacía en mucho tiempo.

—¿Tú te has mirado alguna vez? Déjalo, anda. No es mujer para ti.

El otro se le quedó mirando. Propuso una carrera. Antes de separarse acordaron una pelea. La pospusieron hasta el día siguiente porque ya era tarde.

Aquella mañana se golpearon brutalmente. Los dos tuvieron que guardar cama varios días. Pero ninguno tuvo dudas de que había vencido el Mulo.

—Si no nos hubiésemos peleado —le dijo, tambaleándose y escupiendo sangre con cada palabra, a Jaime, que yacía a sus pies—, nunca habría sabido cuánto la quiero.

Unos días más tarde el Mulo fue a recoger su recompensa. Mercedes lo rechazó, horrorizada, y el Mulo la golpeó con su recién descubierta violencia. En un pómulo le dejó una marca que se le fue haciendo más visible con la edad.

En apenas unos meses, Jaime y Mercedes se casaron. No sabían que se disponían a pasar los diez mejores años de su vida. Y, como suele ocurrir, vistos desde cerca, no lo parecían.

Entonces estalló la guerra y, mientras el Mulo aceptaba dócilmente combatir en el bando que se había hecho con el control de la región, Jaime hizo cuanto pudo hasta que consiguió pasarse al otro —después de que Mercedes ya lo hubiese hecho—, en el que se ganó su apodo.

Acabada la guerra, poco después de volver a casa, el Mulo se quedó solo. En el plazo de unos meses murieron las dos hermanas y el padre (la madre se había adelantado muchos años). Él siguió viviendo en la casa familiar. El Rojo fue pasando de una prisión a otra, con penas severísimas que sólo después de años fueron remitiendo. En todo ese tiempo lo único que le mantuvo vivo fueron las cartas de Mercedes. Cartas de espera sin impaciencia, que le llenaban de serenidad. Cartas un tanto anacrónicas, impropias de una esposa. Las cartas de novia que nunca le había escrito y que se le habían quedado dentro. De la jovencita que le esperaba para seguir creciendo. Le contaba que había trazado en el suelo de su habitación, con tiza, un cuadrado de las dimensiones de su celda, y que todo el tiempo libre que tenía se lo pasaba encerrada en él.

«Mira la luna —le decía—. Yo también la estoy mirando. Si podemos ver lo mismo, no estamos tan separados.»

Al Mulo, en La Carballa, el trabajo le encorvó la espalda. Llevaba un pantalón que se ataba con una cuerda y que le quedaba corto, dejándole los tobillos al descubierto. Las únicas compañías del otro sexo que se le conocieron pertenecían a otras especies animales. Los testigos de sus encuentros los contaban con grandes risotadas, secretas, pues nadie se atrevió nunca a gastarle bromas.

Cuando salió Jaime —ya para siempre el Rojo— de la cárcel, excesivamente envejecido para sus cincuenta años, y se reunió con Mercedes, empezaron los años más difíciles. Más incluso que los de la cárcel. De esperar una nueva vida que no llegaba y que nunca iba a llegar.

Al poco tiempo Mercedes enfermó. Entonces llegaron los inevitables remordimientos, los sentimientos de culpa, la rabia, la impotencia. El sacrificio de no separarse de su cama le hizo más bien a él que a ella. Mercedes murió pocos días antes de que se cumpliesen once años de la salida de Jaime de la cárcel. En los últimos días, los de la agonía, junto al vigor, la invulnerabilidad que se siente al lado del enfermo, él sintió una desesperación que no sabía cómo expresar. Fue cuando pensó en La Carballa y en el Mulo. Sobre todo por ella, le debía una visita.

Ahora, cuarenta años después, volvían a pegarse con la misma brutalidad.

El que quedó tendido en el suelo tal vez no se encontraba en disposición de escuchar cuando el otro habló:

—Yo... también... —estaba diciendo el Mulo, cuando le sobrevino un vómito.

En torno al ataúd de Catalina la Espejera sólo se oye el llanto, no fingido (incluso intentan contenerlo), de esos dos hermanos, esos dos viejos encallecidos de los que nadie habría sospechado una relación de afecto con la muerta, que por otra parte es posible que no haya. Ni siquiera ellos saben por qué lloran.

¿Quién es esa vieja que ha suplantado a aquella niña que parecía que nunca iba a aprender a hablar?

NEGOCIOS

Cuando supo que lo denunciaban por estafa, el señor Eudoro ni por un momento pensó que el motivo real de la denuncia era ninguna estafa, «ni qué ocho cuartos». En su ingenuidad lo atribuyó más bien a envidia, a rencor hacia el pasado opulento de la familia de la que procedía, a simple maldad.

Había empezado sus actividades públicas ya bastante mayor, espoleado por la necesidad de ganarse la vida, tras una desastrosa administración de la pequeña fortuna que había heredado. En sus intenciones nunca hubo mala fe, y la prueba es que cuando, sin que él se diera cuenta, las cosas empezaron a torcerse, no fue consciente de cómo la confianza ciega que le tenían se iba transformando en desconfianza y ésta en resentimiento (cosa que el estafador está pendiente de advertir para poder huir con tiempo). Muy propio de su condición de rico venido a menos, siempre creyó que ofrecía servicios poco menos que desinteresados. En todo caso, siempre estuvo convencido de que daba más que recibía.

Primero quiso que los demás se aprovechasen de sus conocimientos adquiridos en sus tratos con el futuro (algo muy propio también de este tipo de ricos). Ideó un método de adivinación que consistía en tirar al corral granos de trigo a los que asignaba una letra y en recoger los que dejaban las gallinas para componer con ellos una o varias frases. Tenía tal seguridad en su invención que no se tomó la molestia de ponerla a prueba a solas, antes de ofrecerla al público. En la primera consulta echó los granos y se quedó esperando. Las gallinas no dejaron ni uno solo. Había que perfeccionarlo. Optó primero por aumentar la cantidad de trigo, lo que sólo hizo que variase el tiempo que tardaba en desaparecer. Para que la siguiente vez no se comiesen todos, tuvo que espantar con aspavientos a las gallinas, lo que él mismo juzgó una intromisión que falseaba la interpretación. Tras sucesivas pruebas fue retirando gallinas del experimento. Se quedó con una sola. Por último a ésta le limitó la cantidad de picotazos hasta un tercio de la de granos que arrojaba. Para entonces el método daba algunos resultados, de aciertos, verdaderamente espectaculares, pero como todo el proceso de perfeccionamiento se había hecho con testigos —los consultantes, que asistían a decepcionantes sesiones frustradas—, cuando estuvo en condiciones de difundirse triunfalmente estaba tan desprestigiado que nadie tenía interés en acudir a él.

A pesar del fracaso, su iniciativa fue un éxito, al menos en un sentido. Demostró que había público para ese tipo de negocios. Sus allegados desde el principio le habían intentado desanimar con el argumento de que el interés de ese tipo de asuntos no se iba a abrir paso en una aldea. Pero se ve que aunque los cuerpos puedan hacerlo, las mentes no viven en aldeas.

Tanto insistió la familia que —según ellos— a punto estuvieron de convencerle para que abandonase La Carballa y se fuese a vivir a una ciudad, lo que en cierto modo habría hecho de buena gana, pues estaba harto de sentirse rebajado cada vez que simplemente se le dirigían. Vivía como una humillación que lo llamasen «Señor Eudoro», tratamiento tras el que no veía respeto —lo que de verdad había—, sino burla. Por no hablar de los deseos homicidas que le entraban cuando le decían «Udorico», forma que él jamás habría sospechado que realmente era cariñosa y que sólo se atrevían a emplear los más viejos, que le habían visto crecer... lo poco que había crecido. No había manera de meterles en la cabeza que, si eran incapaces de memorizar que él era «Ilustrísimo», en atención a una condecoración concedida en confusas circunstancias —confusas porque él contaba tan prolijamente que nadie había conseguido escuchar hasta el final—, y que se conocía festivamente como el huevo frito, metáfora apresurada, porque lo que parecía en realidad era una margarita, al menos le debían el sencillo y escueto «Don Eudoro», que «señor, coño, es cualquiera».

De todos modos, nunca debió de llegar a considerar muy en serio la posibilidad de irse. Todos los años intentaba pasar una larga temporada en casa de algún lejano pariente. Y todos los años interrumpía su estancia en casa de ese lejano pariente y regresaba precipitadamente, él decía que muerto de nostalgia, aunque no faltaba quien ponía en duda esos motivos y proponía otros, que tenían que ver más con la voluntad de sus anfitriones que con la suya.

Después del experimento de los granos de trigo, la economía del señor Eudoro pasó tal vez sus momentos más difíciles. Una tarde, rebuscando exhaustivamente entre los papeles alguna escritura extraviada, alguna propiedad que aún no hubiese vendido, se encontró con un cuaderno en el que, muchos años atrás, cuando era joven, había empezado a escribir un diario. Eran apenas quince hojas, pero le dieron la idea que en verdad acabó siendo genial. Entre las anotaciones de aquel diario, estaban transcritos fragmentos de conversaciones con amigos de aquella época. Algunos ya habían muerto.

Lo calculó todo. Al día siguiente fue a casa de Orencio, el de Benedita, y, fingiendo indiferencia, le regaló una copia convenientemente corregida y ampliada de una conversación con él encontrada en el diario.

—¿Quieres saber qué tiempo hizo el 18 de agosto de hace treinta años? ¿Y quieres saber qué hablaste ese día con tu primo Martín? ¿Y qué hiciste aquella tarde? ¿Y…? Bueno, toma, que lo he encontrado en un cajón. —Con toda la intención, hizo la copia en un papel amarillento del que tenía unas buenas resmas. Según se iba, dejó caer el cebo—: En lo que gasta uno el tiempo cuando es joven… No te puedes imaginar la de hojas como ésta que rellené. Y después, cuánta porquería se guarda. No sé cuánto tiempo voy a estar quemando papel.

Se fue a casa y se sentó a esperar. Por la tarde recibió la primera visita.

—No tendrá usted un papel como el de Orencio en el que salga yo —le pidió sumiso Juan Graña, con la boina en la mano y un redondel blanco en la calva que era como el negativo de la boina.

—Déjate a ver si no lo habré quemado. Ya te lo buscaré.

Esperó a que las peticiones se acumulasen para justificar las palabras que ya tenía preparadas desde antes de empezar a actuar.

—Si os atiendo a todos, no haría otra cosa y no me quedaría tiempo para ganarme la vida.

Como esperaba, la propuesta de que cobrase por los papeles salió de los interesados. Aunque no entendían cómo unos papeles, que de no haberlos reclamado nadie, habrían acabado en la lumbre, y que por tanto no valían nada, habían ido pasando a costar cada vez más caros, tampoco se hacían muchas preguntas y pagaban religiosamente lo que se les pedía. Nadie se resistía a escuchar su propia voz, llena de vida, procedente de un tiempo tan lejano y mudo. Todos querían resucitar un trozo olvidado, muerto, de sus vidas. Sentir una importancia, un protagonismo, que no habían tenido nunca.

El señor Eudoro empezó echando mano del material «auténtico» de su diario, pero como —ya se ha dicho— algunos de los interlocutores ya habían muerto, atribuyó los diálogos a quien sí se los podía comprar. Después de agotar todo este material, forzó la memoria para recuperar escenas del pasado, que si bien surgían con dificultad, borrosas, confusas, su pluma se encargaba de dejarlas nítidas, frescas, luminosas. Y por último se dedicó sencillamente a inventarlas. Conversaciones, acontecimientos sin ninguna conexión ni con lo documentado ni con lo recordado, pura imaginación, que obraban el milagro de que eran admitidas como auténticas por quienes las solicitaban.

A veces cometía errores, en los que nadie reparaba, tal era el entusiasmo con que se recibían sus entregas. Por ejemplo, si hubiese sido verdad que el 12 de septiembre de cuarenta años atrás Daniel el Carpintero hubiese propuesto asar un cabrito, la idea habría salido de un niño de cuatro o cinco años. Otras veces daba cuenta de escenas íntimas en las que no podía haber estado presente. Curiosamente, las mayores objeciones se las hicieron a las primeras entregas, a las que referían palabras, acontecimientos —digamos— reales. En esos casos, acudía a una táctica que desde el principio resultó infalible. Señalaba a alguien, un poco al azar, y lo utilizaba de testigo: «Tú también estabas», y el aludido siempre le daba la razón. No por temor, o por deseo de agradar, sino por algo así como por adherirse, por formar parte, o ingresar en lo maravilloso. Pues aunque se refiriesen las mayores simplezas, los hechos más rutinarios, las palabras más anodinas, leídas en aquellos papeles, resultaban algo extraordinario. Para los casos —pocos— de contradictores más severos descubrió una represalia de resultados fulminantes. «De ti no apunté nada», les decía, y era como anularles el pasado, como si hasta entonces no hubiesen vivido. Algo espantoso.

El final del negocio llegó de la manera más inesperada. Se le agotó el papel original y todo el que pudo conseguir —y removió muchas imprentas y papelerías— era mucho menos amarillo que el suyo. Hizo un intento con el que más se le aproximaba —o con el que menos se le distanciaba—, pero fue acogido con mucha desconfianza. De nada valieron las explicaciones sobre las distintas calidades del papel, sobre su proceso de oxidación. Al contrario. Muchos vieron en ellas un intento de envolverles. Para ellos iba unida la antigüedad del papel y la de lo que se decía en ellos. Lo importante no era que aquello fuese o no más reciente, sino que lo pareciera. La blancura del papel evocaba una antigüedad a la que aún alcanzaba la memoria. Nada extraordinario.

El señor Eudoro no insistió, pues se insinuaron las primeras acusaciones de estafa. No, no se aceptó. Muy a su pesar, un día declaró que se le habían acabado los papeles (los escritos). De todos modos no se podía quejar. Les había sacado un buen dinero. Primero se compró una dentadura que no tardó en quedarle holgada y en ofrecer la siempre desagradable imagen de unos dientes que suben y bajan a destiempo, desincronizados de sus encías. Unos dientes, por otra parte, blanquísimos, impecables, de un tamaño que tal vez habrían quedado perfectos en un hombre de más estatura. También se compró —no es que hiciese falta mucho dinero para comprarlo; sí para llevarlo— un sombrero de paja, de los llamados de jipijapa, con el borde del ala como sin rematar, que proyectaba —eso sí— una sombra suficiente, pero que contrastaba notablemente con los estrictos ternos de tela negra que vestía invariablemente.

Y la tercera cosa que compró fue otra casa. Se deshizo de la que tenía, una casa por la que, a pesar de ser la familiar, no sentía apego, nadie sabe bien por qué. Compró una casona en la parte alta de La Carballa que llevaba cerrada muchos años. Al hacer la limpieza, encontró en el sobrado varios cofres. Se rumoreó que los cofres habían sido el motivo de que comprara la casa, pero que los había encontrado vacíos. Y puede que algo hubiese de eso, por el anuncio que hizo a los pocos días. Había encontrado —dijo— un depósito de aire que tenía más de mil años de antigüedad. Y fue lo suficientemente hábil para no insistir en las cifras. Si quería hacer atractivo su descubrimiento —y quería, pues su intención secreta era hacer de él su nuevo negocio—, tenía que transformar aquel aire no en números, que no evocaban nada, sino en palabras, en poesía. Cuando esto era un bosque, decía, en el que brotaban tres o cuatro manantiales, de donde sólo bebían animales, alrededor de los que zumbaban moscas que no habían visto nunca un hombre, y caían tormentas y nevadas a las que no asistía nadie; cuando llegaban, traídas por el viento, las voces de quienes levantaban el castillo al otro lado de la sierra; cuando los cazadores que se internaban en estas espesuras no conocían otras armas que las flechas y las lanzas, cuando todo eso ocurría, este aire estaba aquí. Éste es el aire que se respiró en la época del Cid, la de las grandes batallas contra los moros. El aire que corría entre nuestros antepasados cuando aún no sabían que iban a fundar este pueblo, aire que entraba y salía de sus cuerpos. Y, sin importarle incurrir en cotradicciones cronológicas en su enumeración, pues nadie se las iba a reprochar, seguía. El aire que ocupaban las voces de los miles de peregrinos a Santiago, que sólo veían catedrales a medio hacer. El aire que profanaron los romanos. El aire por el que se deslizaban las hojas que caían en otoño y que se pudrieron hace tanto tiempo. Aire preñado de pasado.

Comenzó a vender unos frasquitos minuciosamente lacrados, en los que no se veía nada. A juzgar por las tierras que compró durante aquellos meses, debió de vender muchos antes de que le llegara la denuncia (en algunas casas aún se puede ver alguno). Y eso es lo más extraño. La condena hizo que todavía hoy muchos lo recuerden como un estafador, cuando lo cierto es que desde que empezó a vender los frascos hasta que lo denunciaron pasó cerca de un año. Si todos habían sabido desde el principio —como aseguraron— que aquello era un engaño, ¿por qué no lo denunciaron inmediatamente? ¿Por qué esperaron tanto tiempo y, sobre todo, por qué en la espera siguieron comprando frascos? Ha habido quien ha dicho que si aquel año la cosecha no hubiese sido tan desastrosa nadie le habría denunciado. Por otra parte, los entendidos coinciden en que, de repetirse hoy el juicio, la sentencia le habría sido favorable. Entonces le perdió su negativa a revelar el origen de su mercancía, la localización del yacimiento, las circunstancias de su hallazgo (a lo más que se avino fue a explicar el funcionamiento de la cámara de vacío que empleaba para extraerlo, con lo que quiso justificar los altos precios que cobraba), lo que se interpretó como que éste nunca había ocurrido y que por tanto el negocio se sustentaba en un engaño deliberado. De nada valieron los argumentos del señor Eudoro. Él no obligaba a nadie a comprarle sus frasquitos. Todo el mundo sabía que lo que contenían era aire. Y aceptar que era el aire que envolvía el mundo «en la época de las cruzadas» era voluntario.

Debió de ser mayor el efecto moral del pleito (ver a todo el pueblo contra él) que la multa en reales que le impusieron.

Aquello marcó el final de su vida pública, o de su vida de relación más bien, porque no se recluyó en su nueva casa. Empezó a dar grandes caminatas por el campo —en las que algunos veían una imagen de lo que ocurría en su interior—, pero evitó meticulosamente volver a dirigirle la palabra a nadie. Se comportaba como si todos fuesen invisibles, o como si fuese el último habitante del pueblo.

Mucho se habló y se especuló no sólo con el dinero que necesitaba para vivir (en lo que muchos veían un misterio que no había, pues era patente cómo sus fincas cambiaban de dueño, a través de intermediarios a los que nadie conocía y que sólo permanecían un día en La Carballa), también con la procedencia de los víveres con que se mantenía, ése sí un auténtico misterio. Algunos afirmaban, sinceramente en serio, que vivía del aire, porque tenían observado que siempre orientaba sus paseos en la dirección en que soplaba y que caminaba con la boca exageradamente abierta.

De tarde en tarde recibía la visita de alguno de sus lejanos parientes, a los que ya no visitaba, y durante el tiempo que permanecían en su casa se oía, día y noche, la voz incesante del señor Eudoro, como líquido retenido que apenas encuentra salida se escapa automáticamente, sin participación de la voluntad.

Allí se oyeron, quizá no accidentalmente, al pasar, sus quejas de aristócrata ofendido por la mezquindad del mundo, quejas que exageraban el pasado de riqueza del que presumían.

Allí también se oyó que estaba ocupado en la redacción de una historia del pueblo, de la que se sospechó que se habría convertido en un ajuste de cuentas. Tiempo después se supo que su atención estaba más bien puesta en problemas de tipo técnico. Armaba las frases como si fuesen problemas de ingeniería y cuya gran dificultad era la resistencia, frases en las que se demoraba días y en las que consignaba todas las palabras que excluía cada vez que dudaba entre varias, pues encontraba que sin ellas el sentido del texto quedaba incompleto. Dos personas podían escribir la misma frase, pero como llegaban a ellas desechando palabras diferentes, eso hacía que también tuviesen significados diferentes.

Hacia el final de su vida se relacionó con un tipo que llegó a La Carballa en vísperas de unas elecciones y desbarató los planes de derechas y de izquierdas. Fue poco antes de la guerra, en una época en la que los ánimos estaban muy crispados. Se dijo que el tipo era hijo único y que procedía de un pueblo en el que todos eran hijos únicos y por tanto no había hermanos, lo que les ahorró muchas tragedias cuando estalló la guerra. El tipo se presentó como nieto de Saturia, una mujer que si bien no era desconocida, su recuerdo quedaba muy lejano, pues hacía muchos años que había muerto —además sola—. Y, no se sabe si porque no insistió lo suficiente o porque no quisieron escucharle, su nombre completo, Francisco Muelas Rabanal, quedó oculto por el que ya todos empleaban: el nieto de Saturia.

Desde el principio llamó la atención su trato con el señor Eudoro, del que parecía recibir consignas, pero en secreto, pues parecían evitar que se les viese juntos (claro, que lo que conseguían era llamar más con ello la atención).

El nieto de Saturia presentó un programa desideologizado y con un solo proyecto: la construcción de un metro en La Carballa. Un metro como el de París, o como el de Madrid, que nadie conocía, pero del que todos habían oído hablar alguna vez. Para algunos, detrás de esa iniciativa estaba la ausencia de unos días con que el señor Eudoro había roto unos meses atrás su encierro de muchos años en La Carballa. Pocos creían que fuese una idea original del nieto de Saturia.

Iban a ser dos líneas, aproximadamente en aspa, que se cruzaban por debajo del bar de Eugenio, en una estación en la que se podía transbordar de una línea a otra. Una de las líneas bajaba desde la parte alta del pueblo, siguiendo el trazado de la calle más populosa, daba un quiebro a la altura de la casa del Regente para pasar frente a su botica —donde había otra estación— y ya seguía en línea recta hacia la iglesia, donde rendía viaje. La otra partía del camino de las Llamas —como si tuviese en cuenta la posibilidad de que un día la línea se ampliase hasta la taberna de Olibor—, seguía más o menos paralela a la carretera y se internaba por un barrio casi deshabitado para buscar su final en el nacimiento del camino hacia las tierras pedregosas e infértiles de las Grandillas, tomadas por el brezo y el viento. Las diez o doce estaciones de la «red» se abrían frente a comercios —algunas incluso tomaban su nombre de ellos— o servicios comunes —el médico, la iglesia, la escuela…—; curiosamente, frente a quienes menos asistían a las reuniones en las que se expuso el proyecto.

 Después de dado a conocer, quedó claro que no satisfacía ni a pastores, ni a cazadores, ni a agricultores, pues evitaba —no se sabía si casual o advertidamente— tierras de labor, cañadas, pastos, huertas, eras, cazaderos… A fuerza de tímidas y respetuosas objeciones y sugerencias del tipo «y en vez de acabar en la iglesia, por qué no sigue unos metros más allá, hasta el molino», se fue aceptando un trazado alternativo en el que todas las estaciones dentro del pueblo se redujeron a, como mucho, un par de ellas, y las líneas se prolongaron y ramificaron para alcanzar los puntos más lejanos del término municipal. Y aquí fue donde menos acuerdo hubo, pues cada uno quería que llegase a un punto diferente, por razones obvias. Sólo un ingenuo como el nieto de Saturia podía ignorar que quien proponía una línea hasta la Borcada tenía alguna tierra que no andaba muy lejos. En estas sesiones, para bautizar las nuevas estaciones que se proponían se oyeron prácticamente todos los topónimos menores de La Carballa, tan evocadores de sol y cielo azul, por los que parece correr el aire libre, que queda en ellos como fotografiado. Vesadas, Los Murios, los Balgones, Tijera, Capillinos, el Matizo, las Escarbas, Campojural, Zufreo, Aguas Blancas, Pie de Mulo, Valdepeica, Matalpuerco, el Abranal, Villarrío, San Andrés, la Fontanina, Riodevega, la Fusera, el Fueyo, Ruinao, la Fervienza, los Llavallos, los Adiles, Velilla, las Salguirinas, la Urrieta la Gallina, la de Juan Bragao, Fenal, Reguero Fondo, el arroyo de la Ti Grabiela, Bustillo, Moscaslasarañas...

E igual que ocurrió con el recorrido de las líneas y la distribución de las estaciones, hubo otros aspectos que también se fueron modificando —al menos en el proyecto— desde unas concepciones ideales a realizaciones más «concretas», a golpe de consultas del tipo: «las medidas de las puertas y de los vagones, ¿permitirán que entre el arado sin tener que pasar fatigas?... ¿Y el carro? ¿Y si en vez de escaleras...?».

En vista de que todas las peticiones eran atendidas, las sugerencias se fueron transformando en exigencias. Hasta que llegó un momento en que el nieto de Saturia cambió de actitud. Empezó a recibir con creciente resistencia las modificaciones que se proponían a su programa. Resistencia cada vez más terca, que fue derivando a hostilidad, lo que hizo sospechar que su anterior transigencia le había acarreado grandes y secretas broncas.

Extrañamente, esa nueva actitud, lejos de hacerle perder seguidores, hizo que aumentaran. Se acercaba la fecha de las elecciones y cada vez estaba más claro que iba a barrer todas las demás candidaturas. Y de repente ocurrió algo inesperado: una intervención a última hora de don Juan Requejo, cuando ya no era don Juan Requejo, cuando ya estaba perfectamente instalado en su período de mamarracho público. Se subió a una mesa en la taberna de Olibor y largó uno de sus farfullantes y apresurados discursos, cuya transcripción, ordenada y limpia de repeticiones y tropiezos, sería ésta:

—Mucho cuidado con lo que vais a hacer, que ese hombre es el nieto de Saturia, eso es verdad, pero no es Francisco Muelas Rabanal, el nombre oficial con el que se presenta. Francisco Muelas Rabanal es el nombre auténtico del cabrón del yerno de doña Mayor —un sujeto odiado que a veces se dejaba ver por La Carballa—. Todo esto es una maniobra para que lo votéis a él. ¿Por qué los de derechas no se han metido con él, eh, gilipollas?

Fue fulminante. Una campaña de semanas quedó anulada en quince segundos. No negó que aquel hombre fuese a hacer lo que prometía. Pero ya nadie se atrevió a votarle porque no sabían realmente a quién votaban bajo aquel nombre. La participación en aquellas elecciones, en La Carballa, fue mínima.

¿Era verdaderamente el nieto de Saturia Francisco Muelas Rabanal? Tiempo después se vio, con pruebas en la mano, que sí. El discurso de don Juan debió de ser una más de las erráticas actividades de su cerebro.

El nieto de Saturia se quedó a vivir en La Carballa, en casa del señor Eudoro. Ya no se cuidaron de ocultar una relación que hasta entonces, aunque todos conocían, ellos se habían esforzado por mantener en secreto. El hecho de que se mostrase ahora, cuando ya no podía tener ningún efecto sobre el resultado de las votaciones, fue visto con mucha antipatía. Pero después se supo que el nieto de Saturia había perdido la cabeza y que el señor Eudoro lo atendía, y empleaba en ello tanto tiempo que no le quedaba ninguno para seguir disimulando, como hasta entonces —se ignora la razón—, que se conocían. Esto levantó muchas compasiones y ternuras.

Se supo que el nieto de Saturia negaba que él fuese Francisco Muelas Rabanal y se pasaba los días tratando de descubrir quién era realmente, a quién había desalojado aquel Francisco Muelas Rabanal. En sus últimos días acabó reconociendo que efectivamente era Francisco Muelas Rabanal, pero lo decía con tristeza, como si aceptarlo fuese una derrota y como si un resto de lucidez le siguiese diciendo que aquélla era una personalidad que le habían construido. Y para convencerse de que esto no era cierto, olvidaba voluntariamente recuerdos de su vida, y afirmaba que no los recordaba no porque no fuese aquel Francisco Muelas, sino por lo contrario, porque lo era, pues todos olvidan multitud de acontecimientos de su vida.

El señor Eudoro le hizo un funeral muy sentido.

La gente, conmovida, buscó de nuevo su trato, y él se dejó querer. Desde un punto de vista impersonal, por su propio bien, tal vez fue una lástima que no se muriera entonces, porque cuando lo hizo, bastantes años después —aún tuvo tiempo de estrenar otro sombrero pintoresco—, todos habían olvidado aquella ternura y admiración que sintieron el día del entierro del nieto de Saturia, y volvían a recuperar su antigua opinión de que era un viejo impertinente y pesado.

Un puñado de rapaces atiende a las explicaciones de la maestra sobre geografía local. Si se sumasen los kilómetros recorridos en sus desplazamientos, se obtendría una cifra muy humilde.

Mientras, en la pradera, a bastante distancia, visibles desde la ventana de la escuela, aunque ahora nadie las observa, dos cigüeñas pasean mirando el suelo, como si hubiesen perdido algo. Ignoran que hace unos días estaban en África.

## LA BURRA

De repende empezó a pedir —con una delicadeza y una calma que hacían imposible oponerse— que la dejasen sola. Llevaban seis horas de velatorio, desde que había empezado a oscurecer, y todos entendieron que quería descansar un poco antes del entierro, para poder mostrar en él la misma entereza que hasta entonces.

Silenciosamente, todos fueron saliendo de la habitación recalentada por la aglomeración, por los velones y por el calor que seguía desprendiendo la casa después de recibir el sol de julio durante todo el día, y sintiendo el alivio de una brisa que llegaba cargada de olor a tierra mojada. Ella permaneció en la puerta, abstraída, sin hacer un gesto, limitándose a verlos alejarse y desaparecer en la oscuridad. En algún lugar del cielo, detrás de las nubes, que no se detenían, se adivinaba el resplandor impreciso, disperso, de la luna.

La casa estaba en las afueras de La Carballa, cerca del camino de Gramedo, antes de llegar a la taberna de Olibor, que esa noche, cuando supo la noticia, respetuosamente había cerrado, para no profanar aquellos momentos de dolor con ofensivos ruidos de taberna.

El viento agitaba árboles que no se veían. Parecían respirar mientras soñaban. Empezaron a llegar ráfagas de aire húmedo, y no tardaron en oírse los pasos de una minúscula multitud. Llovía. Volvía a llover, como dos días atrás, una nueva tregua en el asedio del calor. Las gotas, gruesas gotas de tormenta, golpeaban las hojas resecas de los robles, se desmenuzaban al pasar entre los pinos, abatían pobres hierbas, lavaban matorrales y caminos. Se estrellaban con alboroto contra el tejado de la casa y resbalaban mansas, derrotadas, por el alero, enormes, lentas, sin mezclarse con las que caían del cielo. Los primeros regueros murmuraban.

Ella, inmóvil en el umbral, más fuera que dentro, recibía la lluvia en la cara y en el pelo, distraída, como ausente. Desde que ocurrió, no había vuelto a hablar. El estupor con que al principio habían recibido todos la noticia, a ella aún no la había abandonado. Como tampoco había llorado, se interpretaba su actitud como una prueba de fortaleza.

Todo había empezado con una simple mojadura. Hacía dos días, cuando Domingo volvía, ya de noche, de reparar el tejado del molino, le había sorprendido la tormenta. Llegó a casa empapado. Y debió de coger frío, porque por la mañana tenía fiebre. Por la tarde deliraba y decía tonterías que a ella le hacían reír. Al día siguiente, de mañana, le dio una congestión, algo que no parecía tener relación con la fiebre. Aunque adquirió una expresión serena, estaba muy grave. Sin embargo, ella se mostraba, extrañamente, confiada y tranquila. Después de vivir una desgracia tras otra, desde que se había casado con Domingo se sentía a salvo. Invulnerable. Con una lógica absurda, pensaba que el siguiente golpe ya no le tocaba a ella.

El médico, don Ángel, no porque creyese en la eficacia de ningún remedio, sino por no permanecer inactivo, buscó algo que al menos no perjudicase, y recetó sahumerios y sangrías. Por falta de práctica la habitación se llenó de un humo aromático tan espeso que hacía fatigoso respirar y que hubo que rebajar dejando entreabierta la ventana. Las sanguijuelas se ponían en las muñecas y en el cuello, especialmente en la nuca. Cuando ya estaban gordas, se las despegaba de la piel y se echaban en ceniza para que vomitasen la sangre. Después, con una cucharita, se guardaban en un frasco de agua limpia, para la siguiente vez.

Ella aceptó aquel trajín, lo que consideraba entretenimientos inofensivos con los que hacer tiempo, mientras vigilaba que no se le molestase mucho y se le dejase dormir y descansar, que era lo único que necesitaba para recuperar la salud. Don Ángel juzgaba una crueldad innecesaria insistir en lo grave que estaba. Murió un poco antes de anochecer.

Las ráfagas de aire se hacían visibles en las ráfagas de lluvia, que parecía formar pliegues y moverse ondulando, como una cortina. De pronto las gotas se transformaron en granos de hielo, que rebotaban contra el suelo en todas direcciones. El ruido múltiple y sereno de la tormenta se redujo a un zumbido hostil de organismo furioso. Después de un rato volvió a ceder al de gotas inertes, delicadas. En algún sitio se oía el agua de un reguero.

Apenas un año había durado el sueño. Pero había sido suficiente para borrar su pasado de dolor y desgracias. Desde niña la muerte se había ensañado con todas las personas queridas que la rodeaban hasta dejarla sola. La había ido cercando, acorralando. Era como si un sádico se hubiese propuesto aterrarla golpeando lenta y meticulosamente a su alrededor y al final se hubiese detenido, tal vez para hacerla sufrir antes de acabar con ella. Llegó un momento en que todos, empezando por ella misma, se habían hecho a la idea de que no tardaría en pasarle algo. Su boda con el Molinero fue vista como un rescate en el último momento. Pareció que Domingo se la arrebataba a la muerte unos segundos antes de que descargase su furia sobre ella. Con él se sintió oculta, como en mitad de un bosque, a salvo de que la volviese a encontrar. Por eso sabía que el siguiente golpe no era para ella.

El cambio que se operó en su vida quedó reflejado en su nombre. Nadie la volvió a llamar Gregoria. A partir de aquel momento, por casarse con Domingo el Molinero, para todos y para siempre fue la Molinera, aunque nunca había pisado el molino.

Él tenía mala salud, pero se negaba a aceptarlo. Su forma de desmentirla era aparentar, sin énfasis, con despreocupación, ser fuerte: ir desabrigado en invierno, esforzarse en el trabajo más que los demás, desatender, ignorar las pequeñas molestias —verdaderos avisos— que tenía a menudo.

Cuando pasó la lluvia, y quedó un viento que parecía haberse perdido y estar buscando la tormenta, ella seguía allí, de pie, junto a la puerta. Había dejado de llover, pero no se había hecho el silencio. La noche recuperaba su voz humilde, sus ruidos ciegos.

De repente, abrió mucho los ojos y comenzó a llamar a Domingo con todas sus fuerzas. Lo buscó por los alrededores de la casa, en el huerto, en el corral, recorrió incluso un trecho del camino. Entró en la casa y lo fue llamando a gritos, por todas las habitaciones, a oscuras, sin hacer intención de encender la luz. Por fin se acercó al cuarto del que salía el resplandor de los cirios. Lo hizo despacio, como si acabase de llegar. «¿Domingo?», dijo suavemente, a la vez que entraba, con entre curiosidad y temor. Entonces sus ojos se fijaron en el interior del ataúd. Y tras unos instantes, se iluminaron.

—Cariño, qué susto me has dado. Creí que te había pasado algo.

Sacando fuerzas de no se sabe dónde, consiguió subirlo a la burra y asegurarlo para que no se cayera. Se puso en marcha y, después de dar un rodeo para evitar entrar en el pueblo, cogió el camino de la montaña.

Caminaron durante toda la noche, en silencio. No volvió a llover, aunque el cielo siguió cubierto. Cada poco se oía cómo en la oscuridad las pezuñas de la burra golpeaban alguna piedra. Extrañamente, los pasos de la Molinera eran seguros, sin tropiezos.

A medida que avanzaban se iba sintiendo la presencia de la gran masa de la sierra en el aire cada vez más fresco. Del suelo se levantaba el olor de la tierra mojada, que anulaba todos los demás olores. A veces se interrumpía la cortina de nubes que corrían hacia el norte, y durante el breve instante en que entraba la luz de la luna y el brillo de alguna estrella, se veía avanzar al grupo, ni repulsivo, ni memorable, concentrados —no habrían llamado la atención de nadie—, como humildes trabajadores que acudían a su tarea.

Hacia la mitad del recorrido, después de desviarse del valle del río principal, el camino seguía junto al curso de un arroyo, del que ya no se separaba. Según avanzaban, el arroyo se iba adelgazando y volviendo silencioso. Había un punto en el que se le unía otro más pequeño. Allí arrancaba un sendero que remontaba un nuevo valle. Para alcanzarlo había que cruzar un puente de madera. Era el camino que terminaba abruptamente a los mismos pies de la montaña, en un lugar llamado Aguas Blancas, donde se erguía un paredón de pizarra muy difícil de salvar, razón por la cual por allí sólo se internaban los rebaños de cabras. El camino principal era más ancho y transitable, y desembocaba en Los Balgones, las grandes y altas explanadas de pastos en las que pasaban las vacas el verano. Los pasos de la burra resonaron al cruzar el puente de madera,

Se internaron en el estrecho vallejo y llegaron a Aguas Blancas en la más completa oscuridad. En algún lugar se oía un hilo de agua que caía desde mucha altura. Llevando a la burra del ronzal, la Molinera se puso a trepar por la peña siguiendo líneas de fractura o de erosión, avanzando con seguridad, como si lo conociera, por un lugar en el que no había estado nunca.

Acabada la pared de roca, desembocaron en el terreno de piedra menuda y monte bajo que formaba la ladera de la montaña, a partir de ahí menos pendiente. Siguieron subiendo sin hacer descansos. Se pararon cuando empezaba a amanecer, cerca de la cima, junto a una piedra erguida, como clavada, rodeada de unos robles ruines, a los que el escaso espesor del suelo fértil jamás permitiría crecer mucho. Bajó con gran esfuerzo el cargamento de la burra, después de desatarlo, y como no pudo con él, de momento lo dejó caer y golpearse contra el suelo. Después, entre jadeos de esfuerzo, lo colocó en una postura descansada, y lo limpió y lo recompuso, con cuidado, pero torpemente. La burra, libre del peso, se derrumbó, exhausta.

Cuando se hizo completamente de día, ella se quedó dormida. Se despertó al atardecer. Miró alrededor, con alarma. No parecía reconocer nada. Entonces vio a la burra, a bastante distancia, comiendo los brotes de un arbolito recién nacido, y se serenó. Se giró, pues ya sabía que a su espalda estaba Domingo, sentado contra la piedra. Le peinó con las manos, porque por alguna razón el pelo se le había descolocado y le tapaba un ojo.

No se movió en todo el día. Se limitó a mirar —tal vez sin ver— a su alrededor, sonriendo, y a dormitar. Estaban casi en la cumbre. Desde aquel punto se veían laderas con una inclinación impresionante. El arranque de la que habían ascendido durante la noche quedaba oculto, allá abajo, por su propia inclinación. Con el sol de frente, todo parecía plano. Sólo donde iban llegando las sombras se apreciaba la complejidad del relieve. Llegaban los olores mezclados de los vegetales. Entre todos los colores predominaba el inconfundible verde polvoriento del brezo local, aquí y allá salpicado por los manchones de las diferentes colonias de árboles y de arbustos. Entre la vegetación, se veían afloramientos de roca, como huesos que asomasen en los puntos en los que la piel de la tierra se hubiese roto. Y por debajo, acumulaciones de piedras sueltas, formadas por desprendimientos. Al fondo, en la llanura, el amarillo de los cereales, aún sin cosechar. Y por todas partes, el azul nítido y el sol.

La burra a veces se acercaba, sin motivo, a aquellas dos figuras inmóviles, como si necesitase durante unos instantes su compañía. Después, sin dejar de comer, volvía a alejarse.

Cuando llegó la noche, la Molinera estaba completamente despejada. Se levantó y se puso a examinar todos los alrededores. El monte se comenzó a llenar de ruidos que procedían del suelo. La luna estaba en menguante, y su luz era insuficiente para el ojo humano. Toda la noche se la oyó ir de un lado a otro.

Con las primeras luces del día, volvió al campamento, se sentó junto a su marido, se le agarró a un brazo y se quedó dormida sobre su hombro.

A mediodía comenzaron a oírse voces que la llamaban a gritos con insistencia. A veces parecían acercarse. Tal vez el día anterior la habían buscado por Los Balgones, suponiendo que había seguido el camino más fácil. Ella se despertó y se limitó a ir lentamente a por la burra, que se había alejado, y a ponerla a la sombra, donde a partir de cierta distancia ya era invisible. Después volvió a dormirse.

Se despertó al atardecer. Esos dos primeros días marcaron la pauta de todos los que siguieron.

Esa misma tarde empezó a hablar con la burra. Le dijo que se iba a casar y que le estaban tejiendo un traje de flores, haciendo un gesto con la mano como si señalase gente que hubiese alrededor. En días sucesivos, aunque fue ampliando a todo tipo de asuntos sus conversaciones, no dejó de repetir, una y otra vez, incansablemente, esa primera confesión según la cual ella estaba viviendo como una novia. La burra no dejaba de ramonear. A veces, mientras masticaba, la miraba, como si realmente estuviera escuchando y entendiendo aquellas intimidades.

Curiosamente, por lo que se desprendía de sus palabras, ella sentía que estaba embelleciendo, algo que realmente le había ocurrido hacía tiempo, en los meses previos a la boda. La niña flaca, feúcha, insignificante, que había sido siempre se transformó, por efectos del noviazgo, espectacular y misteriosamente, en una criatura bonita, segura y delicada. Distinta. Como en la hermana guapa de sí misma.

Durante todo el verano hizo un calor tenaz. Los olores seguían sin ponerse de acuerdo y alrededor continuamente estallaban las vainas de las retamas, lanzando sus semillas a mucha distancia y multiplicando los ruidos. Pero quienes más parecían acusar el calor eran la burra, que ahora se pasaba gran parte del día tumbada en alguna sombra, y, sobre todo, el muerto, que se fue descomponiendo implacablemente. Los gusanos, que entraban y salían de bolsillos, de ojales, las moscas y moscones, de colores brillantes, toda la fauna cadavérica, producían en él un leve temblor siniestro. Su rostro se fue descarnando y adquiriendo una expresión de cansancio, como si pidiese silenciosamente que le diesen tierra. Y a la molestia del calor se sumó la de los insectos que atraía. Adondequiera que ella fuese, siempre la acompañaba un zumbido de moscas, que trazaban sobre su cabeza una corona negra, de santo infernal. De una manera puramente infantil, comenzó a acumular flores, tal vez para combatir el hedor a podredumbre, aunque posiblemente no lo oliese, pues debía de anularlo el que despedía la capa de suciedad que se le fue formando en sus vagabundeos, siempre nocturnos, ya que en ningún momento abandonó la inversión de sus actividades.

A veces se acercaban corzos, los animales más curiosos, quizá para saber qué nuevos animales eran aquéllos, pero al menor movimiento huían despavoridos y en unos pocos saltos elásticos se plantaban en el fondo de algún valle, lejos de todo peligro.

La burra, que nunca intentó escaparse, se acomodó a su nueva rutina —comer y sestear—, en la que estaban ausentes los trabajos. También Gregoria se hizo a la suya, completamente desequilibrada. Comía raíces, insectos, hojas, lagartos, frutos, topillos, ratones y tierra, oscura tierra.

Fue pasando el verano. Los días, que se habían ido desprendiendo de su piel, como culebras, hasta quedar desnudos, volvían a vestirse lentamente. Alguien había vuelto el reloj de arena y la luz otra vez caía en la ampolla de la noche. Los ciervos berreaban sin saber por qué. En las noches sin luna, Gregoria subía hasta la cima para asomarse a la oscuridad del otro lado.

Una tarde cayó una tormenta y cuando acabó no quedaba rastro del verano. Gregoria, que había pasado los días de más calor bajo una manta, empezó a prescindir de ella. A veces se iba quedando dormida en una postura que le permitía oír su propio corazón, y lo que le parecía que tenía allí alojado era una burrita cargada con un peso excesivo y que avanzaba con dificultad.

Enflaqueciendo y desmejorando, sin dejar de contarle sus planes a la burra, debió de morir hacia la mitad del otoño. La vegetación parecía haberse echado a andar y haber sido sustituida por la que venía huyendo del norte.

A la burra la encontraron muy abajo —seguramente empujada por el frío—, cuando cayó la primera nevada, medio comida por los lobos.

Noche despejada de otoño. Entre las estrellas, los ojos ciegos de la nada.

## A TRAVÉS DEL CRISTO

La puerta del comercio se abrió con energía.
—Cualquier día me la arrancas, Daniel.
—Dame soga, Ana María.
—¿Se te ha escapado el toro?
—Algo así.
—A ver si te lo roban para toro bravo —bromeó—. Bueno, hombre, bueno. ¿Cuánta quieres?
—Si no me das mucha, eso que ganas.
—¿Y entonces? ¿Es que no me la piensas pagar? —sonrió como si sintiese una amenaza. Daniel miraba ausente el mostrador—. ¿Así?
—Así. —Se la quitó de las manos—. Deja, no la líes.
—¿Te la apunto? —Quiso interrumpirle el camino hacia la puerta.
—Apunta. Y llévame las cuentas al infierno.
—Ja, ja. No vas a cambiar ¡nunca! —fue subiendo la voz, incluso cuando Daniel ya había salido.

*

—Tenías que haber hecho el vano de la puerta más grande —decía con la desesperación del que ve algún hecho grave e irremediable.
—No, Daniel. Tú tenías que haber hecho el Cristo más pequeño.

—Don Marcelino me dijo, se lo puedes preguntar, que tenía que tener las mismas medidas que el yacente, que da gracias que tiene los brazos plegados, porque si no, ya no se podría sacar nunca.

—Pues vaya un problema.

—Sí: ¿y ahora quién le corta el brazo? Mira lo que pasó en Sejas.

—Yo no soy el carpintero —dijo el otro santiguándose.

—Ni yo. Yo soy tallista.

\*

La guerra irrumpió como un temporal de tiempo, y su habitual avance, paciente e incesante, en grumos de efecto concentrado, que al atravesar los campos abren aquí y allá en salpicadura de colores los capullos, o marchitan con el mismo desorden y rapidez las flores tan meticulosamente levantadas, se trastornó y atravesó furioso la región como si después de estar embalsado hubiese abierto una salida, y su paso fugaz dejó unos efectos iguales al de decenios pacientes e incesantes.

\*

Nadie le había encargado aquella nueva talla. Del prisma de madera iba surgiendo la cabeza y el torso de un anciano barbado, con una ligera joroba. Daniel hablaba bajo, atropellado y con angustia, mientras seguía trabajando.

—Una ofensa tan pequeña no puede haber levantado tantas calamidades. Además, nadie ha advertido el corte. Ni don Marcelino. Escucha sus oraciones, que no sale de tu casa. —La mano, como autónoma, trataba de quitar una astilla de la joroba—. Hazme ver que esta guerra no es un castigo por mi culpa. Di.

\*

Dos días después de declarada la guerra, un camión de rebeldes disfrazados se llevó a don Roberto Camps, el maestro cojo, y a siete labradores, que por agradar gritaron consignas favorables a los falsos colores de los recién llegados.

Otros dos días después, un camión de soldados leales se llevó al altivo don Santiago, y a don Marcelino, a quien esperaron, con las gorras en la mano, de pie, junto a la enorme pila de agua bendita de la entrada, a que acabara de decir la misa.

\*

—No se lo digas a nadie, pero el Cristo que han traído sangra por un costado. No me mires así, que es verdad. Ayer, cuando limpiaba la tarima, vi gotas en el suelo. Debajo justo de la llaga.

—¿Estás segura de que era sangre?

—Sangre sangre, tampoco parecía. Era como agua, pero sucia y un poco pegajosa.

—Los evangelistas dicen que de la herida salió sangre y leche.

Las dos hermanas de don Marcelino se miraron, reflexivas.

\*

Toda la cosecha del camión en el que se llevaron a don Marcelino, que fue creciendo hasta llenarse en sucesivas entradas a otros pueblos, tuvo el mismo fin. Todos murieron de un tiro en la oreja y fueron arrojados en la cuneta de una carretera de tierra, desnudos, como semillas.

\*

—Ayer no había. Pero hoy las he vuelto a limpiar.

—Son mensajes que tienen que ver con Marcelino. Él lo encargó. Nuestro Señor suda cuando él pasa fatigas.

Desde entonces, cada día fueron a la iglesia a asistir a los distantes pero simultáneos padecimientos de su hermano. Si el costado de la talla y el suelo estaban secos, rezaban con devoción y sólo sobresalían las eses de sus silenciosas oraciones. Y si supuraba, alentaban al hermano como si lo estuviesen viendo a través del Cristo.

—Levanta, Marcelino. Que aún te quedan muchas veces por caer.

\*

Avanzada la tarde, con el sol a punto de ponerse, cuando el rapaz iba a llevarle la leche del día recién ordeñada, al darse la vuelta tras cerrar la puerta batiente del corral, algo le golpeó la cara. Eran los pies de Daniel, que pendía de una rama del saúco dos metros más arriba, las manos junto a los bolsillos, girando lentamente como por propia voluntad, vigía atento de la llegada de las sombras en los confines del horizonte. Más allá, cerca de la casa, la burra ramoneaba junto a la tapia en árboles ajenos, ignorante de haber ayudado a un hombre a darse muerte.

Desde lejos la sierra ofrece cuatro alturas de montañas. El sol del atardecer las envuelve en una blusa. Las vaguadas lejanas parecen ingles. El cielo, enfermo, va vomitando la noche. Se alcanza a oír la pausa del canto de algún pajarillo, la amenaza de que no vuelva a repetirse.

## EL JARDÍN

Mucho se comentó en su día la historia de Ti Mancio y de su hija, Leonides, a la que todos acabaron llamando la Aparecida, aunque algunos, con sorna, después la llamaron la Desaparecida.

Ti Mancio era el vigilante y jardinero de la finca que don Maximiano, a principios de siglo, compró en el pedregal de las Grandillas y que a fuerza de constancia, de cabezonería y sobre todo de dinero, logró transformar en el jardín más frondoso y más variado de todos los alrededores. Apartó todos los cantos, voló las enormes peñas que por todas partes afloraban y que estorbaban su proyecto, salvo la más prominente —no la más grande—, en la que encaramó la casa, perforó el suelo hasta encontrar un vejigón de agua pura, extendió carros y carros de abono, y sembró y plantó cuantas flores, árboles y plantas en general pudo reunir, y que, sin excepción, por lejano que fuese su origen, prosperaron con la misma vitalidad que la vegetación local. (Cuando años más tarde, tras la guerra, quedó definitivamente abandonado, las plantas, ya adultas, crecieron indisciplinadamente, y se aliaron con la hostil maleza para impedir el paso a su través.) Y a pesar de que la finca distaba apenas un kilómetro de La Carballa, y a pesar de que en ella tan sólo pasaban el breve verano y los días aledaños más benignos, don Maximiano la dotó con el gran adelanto de la época: el teléfono. Un teléfono que tan sólo comunicaba con la casa del pueblo, pues aún no se había tendido el hilo que había de traer el contacto con el exterior.

Así pues, Ti Mancio y su familia pasaban la mayor parte del año solos en aquella finca inmensa. Él andaba todo el día por el monte con las cabras, mientras su mujer se ocupaba del jardín y de la huerta. Vivían en una casa que apoyaba uno de sus costados contra la tapia de poniente. Una casa sólida, de lajas de pizarra, casi tan grande como la de la peña —la de los señores—, que al principio les quedaba holgada, como un abrigo grande, pero que no tardaron en llenar de rapaces.

Ninguno de los dos era de La Carballa. Ella, Nina —reducción de Saturnina—, era gallega, hija de un comerciante incompetente que nunca consiguió que se le conociera por su nombre, tapado por el para él humillante de El yerno viudo de doña Decorosa, El yerno, a secas. Ti Mancio era huérfano casi de nacimiento. Desarrolló un cuerpo gigantesco, que era como el amigo mayor que le protegía. (Todos hacían bromas con su aspecto. Tiempo después no hubo quien no repitiese la gracia aquella de llamar a sus frutales, árboles brutales.) La historia de los amores de Ti Mancio y Nina fue famosa por las huidas, denuncias, capturas y palizas (a ambos) que durante más de dos años se sucedieron y que de no haber muerto el comerciante se habrían prolongado no se sabe cuánto más.

Hay varias versiones sobre cómo acabaron llegando a La Carballa, pero no hacen al caso. Cuando llegaron ya estaban casados. Tal vez haya algo de verdad en la leyenda que circula sobre la ternura, la delicadeza, de sus amores en aquella primera época, que tuvieron que llamar mucho la atención entre gente tan exclusivamente ocupada con la obligación de vivir. Pero sólo algo de verdad. No es difícil ver en muchos de sus detalles una historia idealizada.

Cuando fueron a la finca, al poco de llegar a La Carballa, no tenían hijos. Pero no tardaron. Al poco de nacer el cuarto, un día él le preguntó a ella cuándo le iba a traer una rapaza, lo que ella equivocadamente se tomó a broma. Cuando el séptimo resultó ser también un niño, empezó a pegarla. Algo, allá en la soledad del monte, le cambió el carácter. En la leyenda lo que a ella la trastornó no fueron los golpes, sino la idea del rechazo, que ya no la quisiese. Empezó a verse con extrañeza. Se miraba las manos como si fuesen de otro. Todo su cuerpo era un guante que no conseguía quitarse. Para ella su verdadero cuerpo era el de él. El suyo propio era el de una desconocida. Desatendió al bebé, que murió de una colitis. Salía de casa y se extraviaba por la finca, y a veces salía fuera, y vagaba por el monte hasta el atardecer, en que volvía Ti Mancio con las cabras y salía a buscarla y la traía a golpes, blasfemando y preguntándole a gritos por qué quería abandonarle.

Lo más siniestro de la historia es que en esa situación siguió pariendo hijos, a razón de uno por año. El noveno fue por fin una niña. Y no hubo más. Un día Nina apareció ahogada en un pozo. (Dentro de ella, como si también hubiese caído a un pozo, el niño que esperaba.)

Nunca se supo para qué quería Ti Mancio una niña. No tuvo más trato con ella que con cualquiera de los niños, que por su parte —para muchos misteriosamente, sin motivo—, le adoraban. Además, creció sin especiales atenciones.

Cuando se hizo moza y dijo que se casaba, Ti Mancio no hizo el menor intento por retenerla. O tal vez sí, a su manera, y nadie supo verlo. Por entonces, una tarde de domingo bajó a la taberna de Olibor y bebió solo, en una mesa apartada, y habló en voz alta, sabiendo que todos, aunque simulasen ignorarle, le estaban escuchando atentamente, lo que no quitaba para que no entendiesen bien lo que decía. Dijo que la vida es monótona y que está por todas partes. Habló de la capa de los pastores y de la ladera de las montañas, de un modo confuso, como si las igualase, por el lugar al que conducen, o algo así. Habló de las cabras, en las que habitaban dioses, que se asoman al mundo por sus ojos. Habló de la luz y de la sombra, y a fuerza de nombrarlas, las acabó mezclando e intercambiando sus propiedades. De una mujer con manos de madera, pies de barro, cabello de agua... hecha con ingredientes de pesada materia, y que sin embargo es invisible. Alternaba sus discursos con largas pausas de silencio, que servían para llevar la confusión a lo que acababa de decir. Por último recordó que un día había llegado con el rebaño a un lugar al que durante todo el año no iba nadie, un lugar al que había ido él aquel día por casualidad. Y que había estallado una tormenta. Y que viendo aquella tormenta que tenía que estar ocurriendo sin que la viese nadie, había descubierto que, aunque nadie lo mirase, el mundo seguía existiendo, algo que, bien mirado, era de sentido común, pero que no dejaba de ser la revelación de algo que no se le acababa de explicar. Y siguió hablando de la tormenta con tanta intensidad que todos se sintieron empapados. No fue muy favorable aquella tarde a la opinión que desde entonces se tuvo sobre su salud mental.

Cuando llegó la noche, se levantó y se fue. Olibor salió tras él, porque se iba sin pagar. Muchos temieron un encontronazo, y aunque después felicitaron al tabernero por su valor, cuando lo vieron salir tras Ti Mancio (que al atravesar la puerta se había tenido que agachar) pensaron que era un temerario, pues no merecía la pena exponerse a la ira de aquella masa andante por unos chatos de vino, que, estaban seguros, a cualquier otro le habría perdonado. Ti Mancio, para sorpresa de todos, reaccionó con mansedumbre y pagó sin dejar de pedir disculpas, acobardado. Olibor tuvo que levantar la mano por encima de su cabeza para recibir las monedas.

En los meses previos a su boda, Leonides, la hija de Ti Mancio, se acostumbró a dar un paseo después de cenar por la parte ajardinada de la finca, de la que se ocupaba desde hacía mucho tiempo y en la que ya empezaban a destacar, muy por encima del resto de la vegetación, las cuatro secuoyas que con el tiempo iban a ser visibles desde muchos kilómetros de distancia. Pinsapos, avellanos, laureles, limoneros, guindos… todos ellos mezclados sin un plan, descuidadamente, imponían al aire su propia atmósfera. La luz de la luna, que conseguía atravesar el laberinto de ramas y se desparramaba por el suelo como restos de una nevada, parecía proceder del interior de la tierra y dejaba la impresión de que algo extraordinario acababa de ocurrir o estaba a punto de hacerlo.

Una noche oyó sonar el teléfono en casa de los señores con tanta insistencia que se atrevió a entrar y descolgarlo, pues estaba segura de que se trataba de algo urgente. De vuelta a casa le contó a su padre lo que acababa de hacer.

—¿Qué les ha pasado? —preguntó alarmado Ti Mancio.

—¿A quién? —contestó la hija sonriendo.

—¿Entonces quién era?

—Madre.

Ti Mancio la miró fijamente esperando que añadiese algo.

—Tu madre lleva muerta muchos años —dijo al fin.

—Eso le he dicho yo.

Contrastaba la sonrisa de la hija con la rígida seriedad del padre.

Los hermanos habían suspendido sus actividades y miraban la escena en silencio.

—Bueno, ¿y qué ha dicho? —preguntó por fin uno de ellos.

—Nada. Que ya llamará otro día.

Ti Mancio se levantó. Apenas había dado unos pasos, la hija volvió a hablar.

—Me lo ha contado, padre.

La chica no dejaba de sonreír, lo que le daba un aire siniestro.

—Siempre supe que tú también acabarías loca —dijo el padre moviendo la cabeza, y se fue a su cuarto.

Estas palabras para unos explicaban por qué después de tanto desear una niña se había desentendido de ella.

A todo esto, los hermanos (sólo cinco seguían en casa), que nunca habían tenido roces con su padre, volvieron a sus ocupaciones, como si no hubiesen oído nada.

Cuando se quedaron solos, ella siguió hablando. Les dijo que su madre, «vosotros —dijo dirigiéndose a los mayores— aún la recordaréis», le acababa de contar que la había matado su marido. Que antes de caer al agua ya estaba muerta.

—Y que lo hizo en presencia de algunos de vosotros. Pero yo sé por qué no lo recordáis. Ahora sé cómo ha conseguido que olvidemos muchas cosas. O que las recordemos de otra forma.

Era difícil saber si los hermanos la estaban escuchando, pues ni interrumpían sus quehaceres ni levantaban la cabeza para mirarla.

—Los niños no entienden nada. Ni siquiera lo que ellos mismos ven. Lo están viendo y se lo tienes que explicar, porque si no, no lo entienden.

Les explicó que para ellos todo lo que hacen los mayores es absurdo. Todos sus trabajos son absurdos, sus aficiones son absurdas, sus costumbres, incluso comer, que es lo que nos mantiene vivos, es absurdo. Sólo tiene sentido para ellos arrojar piedras, rascar el suelo con un palo, darle puntapiés a algún objeto...

—Vosotros —hizo un gesto impreciso con el que señalaba a todos— visteis cómo padre la mataba. A lo mejor no cómo la tiraba al pozo. Después os preguntaría qué habíais visto, y a fuerza de negarlo os convencería de que no habíais visto eso. Y para fijar esa certeza, la de que no lo habíais visto, a veces os la negaría, pero sin fuerza, no para derrumbarla, sólo para ponerla a prueba y reforzarla. Y como se sentiría satisfecho de que le desmintieseis, seguro que hasta os inventasteis detalles para ganar su aprobación. A lo mejor os preguntó: «¿No fue aquel día cuando me visteis volver a media mañana del monte?», o cualquier otra cosa que realmente ocurrió. Pero vosotros lo negaríais con tal acumulación de recuerdos, entrelazados unos con otros, que a su vez le convenceríais a él. Os hizo tal lío en la cabeza que hoy vosotros no podéis saber que visteis cómo la mató aquella mañana. Padre nunca os ha maltratado, para que no se rompa la campana de cristal que protege aquel secreto. Por eso le tenéis tanto apego.

Cuando acabó de hablar, se oyó la voz de uno de los hermanos —no se supo cuál, porque ninguno levantó la cabeza.

—Madre está muerta. ¿Quién te ha dicho todo eso?
—No me queréis creer. Ella —recalcó— me lo ha dicho. También me ha dicho que durante mucho tiempo no supo que estaba muerta. Que se dio cuenta un día en el jardín, cuando vio que el viento no la despeinaba.

A la mañana siguiente Leonides acudió al cuartel a contar la llamada telefónica de la noche. Antes de salir de casa se lo anunció al padre y a los hermanos, que no trataron de detenerla.

En el cuartel, naturalmente, no se le hizo ningún caso. Se la escuchó con atención hasta que explicó quién era su informante y cómo se había puesto en contacto con ella. A partir de ese momento se limitaron a esperar que acabara su declaración, fingiendo que la seguían escuchando, sin interrumpirla para evitar altercados. Ella se fue muy satisfecha.

Don Maximiano, enterado del incidente, subió a la finca esa misma tarde a cambiar la cerradura de la casa, de lo cual advirtió a los hijos de Ti Mancio que estaban por allí en aquel momento, y entre los que no se encontraba Leonides.

Esa noche ella repitió el paseo de la noche anterior. Volvió sonriente, hermosa, como si irradiase luz. «Ha vuelto a sonar el teléfono. Pero hoy he hablado conmigo, con la que seré.» Hizo una pausa como si tratase de recordar. «Cuando no quieres que venga, puedes jugar a que ya ha venido. Pero cuando quieres que venga, sólo puedes esperar.» Los hermanos, de manera espontánea, sin ponerse de acuerdo, rodearon al padre, como si fuesen su guardia y hubiesen advertido algún peligro, lo que produjo una escena entre teatral y cómica. «Padre, ya sabrá que he estado esta mañana en el cuartel. También ellos piensan que estoy loca. Allá ellos.» Primero Ti Mancio, después los hijos, uno a uno, todos fueron saliendo. «Aunque sólo seamos carne que se pudre, la muerte es nuestro gran secreto, nuestro tesoro. Y aunque ya no lo veamos ni podamos asistir a ello, de nuestro pobre cuerpo que se pudre surgirán... para contarle a nadie nuestro sentido.» Cuando dijo las últimas palabras ya se había quedado sola.

Al día siguiente apareció muerta. Ahogada, como la madre, en un pozo, en uno diferente, pero tampoco muy distante. Ti Mancio no había salido con el ganado. Había mandado, cosa que rara vez hacía, a uno de los chicos, uno de los mayores —que ya debía de andar por los veintitantos años—. Según confesaría más tarde, Ti Mancio se había quedado para bajar al pueblo y tener una entrevista con el novio de su hija. Había salido temprano y como no lo había encontrado se había vuelto a casa para ir al monte a relevar al hijo.

La encontraron al final de la tarde, cuando ya resultaba extraño que no apareciese.

Esta vez la guardia civil hizo preguntas a toda la familia. Descartaron el accidente porque, según los propios hermanos, era un lugar al que jamás se había acercado. Descartaron también el suicidio, con el argumento, que nadie discutió, de que era una novia a punto de casarse. Sólo quedaba el crimen. Luego se vio que las dos primeras posibilidades se habían eliminado muy apresuradamente.

Todas las miradas se dirigieron hacia Ti Mancio, que naturalmente no pudo probar que tan sólo había hecho lo que decía que había hecho. Los hijos le habían visto salir de casa camino del pueblo, allí se había cruzado con alguien (eso se pudo corroborar), había vuelto a casa y se había marchado al monte. Eso quedaba probado. Pero entre medias de esos puntos nadie le había visto. En cada uno de esos intervalos había tenido tiempo de hacer aquello que todos empezaban a estar seguros de que había hecho. Para aclarar las cosas, Ti Mancio renunció a defenderse, lo que se interpretó como una rendición, una confesión por pasiva. Incluso para los hijos quedó claro que había sido él, pues se limitaban a repetir que él no había matado a su madre y que su hermana se había vuelto loca (tal vez acabó calando en ellos aquel discurso de la hermana, que estaban convencidos de no haber aceptado).

«Los muertos se comunican con los vivos, aunque éstos lo ignoran», dijo en cierta ocasión durante su etapa locuaz don Juan Requejo. Durante los días posteriores al juicio, cuando ya se conocía la sentencia, se dijo que Leonides se había aparecido a muchos para aclarar que su padre era inocente. Se apareció a Ti Belarmino, a Ti Josepín, al Regente, a sus hermanos, siempre muy serena, ni como había sido en los últimos días, ni como había sido antes. Los hermanos le pidieron que se apareciese a las autoridades, para que anulasen el veredicto. Pero no lo hizo y a su padre lo mataron.

Leonides no volvió a aparecerse a sus hermanos. Después se oyó que andaba ocupada cuidando, sin hacérselo saber, de su novio. Éste, convencido de que las misteriosas atenciones procedían de una vecinita, acabó casándose con ella.

Leonides desapareció para siempre. Don Maximiano quedó viudo y se fue de La Carballa. Los hijos de Ti Mancio se dispersaron. Tan sólo uno se quedó en el pueblo. El jardín quedó abandonado. La maleza saltó las tapias y lo fue invadiendo todo. Sin cuidados, los árboles siguieron creciendo, indiferentes.

El lobo, jadeante, se acerca al río a beber. Alrededor de su hocico el agua se tiñe de rojo.

## UN CUENTO

—Yo conocí al famoso capitán Varela, que como sabéis no tenía nada que ver con el confitero, porque llegué a hacerme muy amigo de Ramón, su cocinero. Fue por los días en que el capitán ya había desistido de repetir en el mar, combatiendo el contrabando, los éxitos que había tenido en tierra, limpiando la raya de Portugal. Todo lo que hayáis oído de su aspecto, seguro que se queda corto. Era más alto, más flaco y más cojo de lo que uno se había imaginado.

Ico, el de Benedita, solía contar esta historia cada cierto tiempo en la taberna de Olibor. Y así como no había consideración con los que se repetían, y se les hacía callar inmediatamente, a él, por alguna razón, siempre se le dejaba llegar hasta el final sin interrumpirle.

La taberna de Olibor estaba al principio del camino de Gramedo, pero separada más de doscientos o trescientos metros de las últimas casas. En tiempos había sido venta y conservaba un patio empedrado, aunque la tapia, igual que el resto de las dependencias, estaba arruinada. Sólo se mantenía en pie lo que siempre había sido la taberna, en el centro del establecimiento, que para algunos heredaba la planta de una antigua villa romana que controlaba los pastos que desde allí caían suavemente hasta el Valle.

Estaba, pues, aislada en mitad del campo, pero uno

de los laterales, que conservaba bastantes metros de la tapia original (eso sí, con las bardas levantadas o caídas y ocupadas por espinos), formaba una calleja con una de las paredes de un prado abandonado. Una calleja que, aunque el terreno circundante era llano, subía en cuesta, y tenía un surco central, como de haber pasado alguna vez agua por el medio. Cuando se recorría, las tapias de los lados quedaban ocultas por zarzas, que se unían por encima, tapando el cielo y formando una especie de túnel. El suelo estaba cubierto de hojas secas, y, hacia la mitad, ya desde el verano comenzaba a formarse un círculo de manzanas caídas de algún árbol que no se veía, y cuyas ramas estarían por encima de las zarzas. Caían sin ruido y se pudrían en el suelo, desprendiendo un olor que muchos visitaban antes o después de entrar en la taberna.

—En aquellos días, cuando ya estaba retirado y sólo su fama seguía en activo, una noche el capitán Varela salió a pescar con un amigo, en su célebre barca de remos, que tan triste final tuvo. El capitán Varela, al que como sabéis lo que más le gustaba en el mundo, y lo que mejor hacía, era insultar, le tenía un cariño especial a Pascual, aquel amigo, un hombre al que todos despreciaban y vejaban, un pobre diablo que había estado años acostándose con su hija, forzándola, y que, cuando se arrepintió, ella le había cogido gusto y no lo quería dejar. Como no se podía denunciar, porque ella le habría defendido, y tampoco quería denunciarla a ella, la única solución que encontró fue presumir de lo que estaba haciendo ante un vecino, que lo denunció inmediatamente, escandalizado, lo que permitió que ella quedara limpia. Y que él pasase unos años en la cárcel. Tal vez Pascual era la única persona en el mundo a la que el capitán Varela no insultaba.

Ico bebió un trago del clarete, seguramente para darse tiempo a recuperar el hilo.

—Volvieron a eso del mediodía, para la hora de comer, con un pez magnífico, de color naranja, un pez que no se había visto nunca. El capitán Varela lo llevó a la cocina, cogido por la cola, y lo dejó caer sobre la mesa de mármol, donde hizo un ruido de cachete. Y le explicó a Ramón cómo debía cocinarlo. Unos minutos después, Ramón fue a buscar al capitán. «Mi capitán: el pez. Que quiere proponerle un trato.» El capitán dejó lo que estaba haciendo y se le quedó mirando. «Siempre había pensado que eras un poco majadero, pero no que estabas loco. ¿O has bebido?» Y siguió a lo suyo. Ramón no se movió. «Creo que es importante, mi capitán. Debería escucharle antes de que le saque las tripas. Habla de un tesoro. Además, creo que es hembra. Dice que está preñada.» Y se marchó antes de que el capitán volviese a levantar la cabeza. Ramón volvió a la cocina, se apoyó en la pila, se cruzó de brazos y se limitó a esperar. No tardó en oír el paso cojitranco del capitán, que se acercaba. Cuando entró vio a Ramón mirando al animal a distancia, con indiferencia. El pez golpeaba cada cierto tiempo la mesa con la cola y abría la boca como para coger aire. «Señor. Que le decía yo a este hombre que si no me mata puedo decirle dónde hay un tesoro.» La voz parecía proceder del aire, o de las paredes, más que del pez. El capitán miró a su alrededor, desconcertado, tratando de descubrir el truco. Miró a Ramón, que se desentendía, mirando a su vez al suelo. «No quiero ser impertinente», se oyó otra vez la misma voz. «Pero si se va a decidir conviene darse prisa. Empieza a faltarme el agua.» Cada vez boqueaba más rápido. El capitán se inclinó para mirarle de frente y más de cerca. Se acercó a Ramón y le habló al oído. «Seguro que es todo mentira. Pero vamos a escucharle.» Ya sabéis que desde que dejó de estar en activo, el capitán, a pesar de los aires de marqués que se daba, era más pobre que una rata. El pez antes de nada pidió que lo metieran en un barreño con agua y unos puñados de sal gorda. Después expuso el trato. Si no lo mataba, le revelaría dónde había un tesoro. «Yo no creo en esas cosas», quiso aclarar el capitán, pero lo dijo deprisa, como si no quisiese interrumpir. «Un tesoro tan grande que por mucho que gaste nunca conseguirá agotarlo.» El pez daba vueltas en el barreño como un remolino. «Supongo que el procedimiento consistirá en que te suelte en el mar para que me conduzcas hasta él», quiso saber el capitán. El pez cambió el sentido de sus giros, lo que interpretó el capitán como señal de nerviosismo. «En cuanto lleguemos le subiré una muestra para que vea que no miento.» «Dos», propuso enseguida el capitán, como si lo hubiese estado esperando. También el pez replicó inmediatamente. Siguió un diálogo tan veloz que parecía que lo habían ensayado. «Imposible. Dos es imposible.» «O dos o la sartén.» «Pues la sartén. Todas son piezas grandes y no podría llevar en la boca más de una.» El capitán se acercó a Ramón. «Pues va a ser verdad», le dijo en voz baja, dándole la espalda al barreño. «Si mintiese, me habría ofrecido dos, tres, o las que hiciesen falta.» Ramón cabeceaba afirmativamente. «Está bien», dijo agachándose para meter un dedo en el agua que el pez rozaba en cada vuelta. La pierna de madera quedó tiesa, apuntando para un lado, como el brazo de un compás. «Trato hecho.»

Cuando quisieron salir, después de aparejar otra vez la barca, era media tarde. Igual que a Ramón, el capitán pidió a Pascual y al profesor Cabeza, a los que fue a buscar a casa, que lo acompañaran. Al profesor Cabeza lo llamaba Calabaza —esta broma ingenua siempre era muy celebrada en la taberna de Olibor, como en realidad todos los insultos del capitán Varela, al que a pesar de su carácter, todos le tenían simpatía—. El profesor Cabeza era un sabio local, al que últimamente quería desbancar un jovenzuelo que acababa de llegar al pueblo. Más tarde, con el tiempo la rivalidad se hizo más áspera. Cuando ya era viejo, el profesor sospechó, por algunas insinuaciones, que en cuanto se muriese, el otro correría a los periódicos a escribir sobre él, no con rencor, sino con superioridad y con desdén por su obra, como algo que no iba a sobrevivir, algo que no merecía la pena ser recordado y que había que empezar a olvidar cuanto antes. Entonces escribió el artículo de respuesta al que se imaginaba que el joven iba a escribir, que ya estaría escribiendo. Y encargó a la familia que lo publicase si efectivamente el otro publicaba el suyo. Aún pasaron muchos años. Incluso el joven estuvo a punto de morir antes que él. Pero finalmente todo ocurrió como había previsto que iba a ocurrir. Para muchos resultó escalofriante volver a «oír» su voz días después del entierro, seguir sus razonamientos, ágiles, sus vívidos argumentos. Pero eso fue mucho después de aquella tarde.

El capitán llevaba el gobierno del timón y no paraba de dar órdenes, principalmente por darse el gusto de gritar y de sentirse obedecido, no porque hiciese falta. «Pascual, dile a esa señorita que si quiere que la sustituya un inválido.» Y Ramón se daba por aludido y remaba más deprisa. Todos, menos el capitán, se turnaban en los remos. A veces de la boca del capitán brotaban impertinencias, que no eran tenidas en cuenta porque, como él decía, no había en ellas nada personal. «No valéis ni para obedecer. No entiendo cómo os podéis ganar la vida cuando estáis fuera de esta barca.» Para él no eran juicios, opiniones. Eran hechos, que él consignaba desapasionadamente.

Desde el principio el pez orientó su rumbo en una dirección distinta de la del lugar en el que lo habían pescado por la mañana, lo que fue interpretado por el capitán como señal de que estaba cumpliendo su palabra, y eso le puso de buen humor. Exaltado, se puso a trazar planes para su fortuna, planes ofensivos, pues no entraban en ellos sus acompañantes. Recuperaba la casona familiar, desdichadamente perdida cuando a él le tocó medirse en los estudios, devolvía su remoto esplendor a los jardines, añadía pastos, tierras labrantías, a las fincas vueltas a sus manos, regresaban a casa los días dorados. Trazaba dibujos en el aire con la mano libre para acompañar cada palabra. En pleno torbellino de proyectos, el pez interrumpió para anunciar que se iba a sumergir, que lo esperasen sin moverse. Anochecía.

Tras un breve desconcierto, el capitán marcó aquel punto con una boya de lastre muy profundo. Después retomó sus planes. «Qué animal tan simpático.» En su imaginación le hizo un estanque para su uso exclusivo, de agua salada, naturalmente, con un palacio submarino en el que no faltaría ningún adelanto. Una de sus torres era tan alta que sobresalía por encima del agua. Tendría luz eléctrica, una combinación de focos de distintos colores estratégicamente situados, que, además de simular la diversidad de ambientes de un imperio, calentaría el agua para que estuviese permanentemente tibia… Planes y más planes.

Cuando volvió del recorrido por su fantasía, era noche cerrada. Los demás estaban excesivamente silenciosos. El capitán leyó lástima en aquel silencio. Todos menos él se habían dado cuenta de que el pez le había engañado, y callaban. Por piedad callaban. Eso le hizo enfurecer. Había hecho el ridículo, explicando todas aquellas atenciones con que proyectaba atender al pescado.

«¿Y tú, pánfilo, qué miras?», dijo súbitamente. De los tres, sólo uno sabía que no se dirigía a él. «¿No tienes nada que hacer?» Ramón y el profesor se pusieron en pie, buscando algo en que ocuparse, y lo único que consiguieron fue poner en peligro la estabilidad de la barca. Se apresuraron a sentarse de nuevo, avergonzados. «Mastuerzos.»

De repente, de entre la oscuridad salió la voz del pez. «Ya estoy aquí. ¿He tardado mucho?» «¡Atiza! —dijo el capitán—. El besugo que faltaba.» Se oyó un chapoteo, de algo que se sumergía. A continuación la voz del pez sonó al otro lado de la barca. Ahora era una voz furiosa. Tanto, que para cerciorarse de que era el mismo pez, Pascual encendió el quinqué con pantalla color ámbar, lo que habían estado retrasando para ahorrar. «El trato no le da permiso para insultarme.» Estaba verdaderamente ofendido. Pero entre que se le atropellaban las palabras y que parecía tener algo en la boca, se le entendía tan mal que casi daba risa. El mar estaba quieto, como una lámina, salvo alrededor del pez, que le comunicaba su alboroto. No dejaba de hablar, defendiendo su dignidad. «Aunque haya implorado, no me voy a dejar tratar a puntapiés. Pedorro.» Y desapareció. Todos, salvo el capitán, naturalmente, al que se le había quedado una sonrisa tonta, tuvieron que hacer esfuerzos para no reírse. «Si no ha implorado, ¿verdad, Ramón?», dijo triunfal el capitán, como si contradecirle un punto fuese una refutación de todo. De pronto algo saltó del agua. Todos se taparon la cara, asustados. «Mi parte», se oyó, y en rápida sucesión algo duro rebotó en el suelo de la barca y una zambullida salpicaba a todos, especialmente al capitán. «Lo ha hecho a propósito —dijo, mientras se secaba la cara—. ¿Dónde está lo que ha tirado?» Alumbraron el suelo con el quinqué, pero sólo vieron algún trozo de cuerda, algas, unas piedras (que revisaron una a una), un erizo de mar y unas conchas de mejillones y de berberechos. No entendían el enigma. Miraban el agua inmóvil, como si fuese a salir la solución. Después de un rato, el profesor chasqueó los dedos. «Ya lo tengo.» Los demás lo miraron, pero él no miró a nadie. «Uno de estos mejillones está vivo.» Los demás se apresuraron a coger todas las conchas. Efectivamente, uno estaba cerrado. El resto eran conchas vacías. El capitán abrió con nerviosismo su navaja. «Capitán —le advirtió el profesor—, dentro no hay ninguna joya.» El capitán casi ni le escuchó. Metió la punta de la navaja en la charnela y giró a un lado y a otro hasta que quedaron separadas las dos valvas. Acostado en una de ellas, estaba el mejillón, un mejillón corriente. «Nuestro pez ha adquirido su color comiendo mejillones —explicó el profesor—. Para él no hay nada más valioso. Éste es su tesoro. Aquí debajo sólo hay un banco de mejillones.» El capitán aún examinó una vez más el suelo de la barca. Una brisa rizó durante un momento la superficie del mar y lanzó contra la barca olas minúsculas, que resonaron agrandadas. Todos miraron los dibujos que hizo el agua. El capitán metió la mano en la cesta de la comida, que durante todo el tiempo había estado tan cerca de Ramón que parecía exclusivamente suya, y sacó un limón, que a la luz del quinqué era más amarillo. Cortó una rodaja y la estrujó sobre el mejillón, que se encogió como dolorido. Se lo echó a la boca de un golpe y lo masticó despacio. «Pues no andaba descaminado ese pez respondón.» Y tiró al mar las conchas, que sonaron como piedras en el agua quieta. Las estrellas parecían haberse multiplicado. Todos permanecían inmóviles. Pasó una ráfaga de melancolía. «Vámonos a casa», dijo el capitán.

Ico se levantó con el vaso y se acercó a la barra para que Olibor se lo llenara, sin dar tiempo a que nadie se quedase pensativo.

Muchos se sorprendían al salir de que aún fuese de día. Las ventanas de la taberna eran pequeñas. Debía de ser una construcción con más de cien años, cuando aún persistía la pequeña glaciación que empezó en el siglo XV.

La niña sale a hacer un recado. De pronto empieza a caer granizo. Se refugia en el portal de la iglesia, un lugar al que, de manera absurda, llega, como una sombra, la amenaza de los dos enormes pozos de la huerta paredaña.

El suelo se cubre de un blanco turbio, animado. Algunos granos de hielo que rebotan en la tierra con violencia llegan junto a sus pies y se deshacen en silencio.

## LA VENTA DE LOS MARINEROS

La taberna de Olibor quedaba entre La Carballa y Gramedo, en la encrucijada que formaba este camino con otro que unía Castro con Anta. Cerca de la taberna ya sólo prosperaba un árbol: el roble Cadelo, un organismo tan impresionante que se había ganado un nombre propio. Un árbol que daba una sombra tan espesa que al internarse en ella se sentía como si la noche fuese cayendo —algunos aseguraban haber visto muchas veces al hacerlo cómo iban surgiendo las estrellas—, y que era una montaña de ramas y hojas tan fuera de proporción que convocaba corrientes de aire que en su interior se convertían en pequeños vendavales.

El resto de la vegetación eran escobas, urces, carqueisas, chaguazos, quiruegas... monte bajo que cubría todo el terreno ondulado tan uniformemente que visto desde lejos parecía una pradera. Sólo en la distancia, en la cresta de algún otero, se veía algún bosque, que tal vez recordaba aún el fuego que asoló la venta y sus alrededores, y que se detuvo, manso, las llamas puestas de rodillas, ante la autoridad del gran roble, que ya entonces era antiguo.

La taberna era el único edificio que quedaba en pie de la antigua Venta de los Marineros, apellido cuyo origen nadie sabía explicar en una tierra en la que el único sonido que se conocía del mar era el de su nombre. El gran corral y sus pilones, el enorme portalón que permitía el paso de dos carros a la vez, la cocina y su almacén, los pajares, el edificio de dos plantas con las habitaciones, todo estaba arruinado y tan sólo quedaban en pie algunos muros, acosados por la maleza, empeñada en abatirlos. Se decía que la Venta había sido levantada sobre las ruinas de una ermita, que a su vez había aprovechado el solar de una mansión romana construida junto a un campamento militar que empezó alojando a una legión y que luego, tras la doma de los naturales, se redujo a un modesto destacamento de caballería antes de desaparecer bajo los campos de centeno.

Cuando se iba la última luz de la tarde, Olibor encendía la de la puerta para que hiciese de faro de caminantes. Después se metía tras el mostrador y trajinaba en silencio.

—Yo he oído que en Cubo, en la Almena, hay un carro de oro enterrado. Y que es todo de oro: los bueyes, el carro y la carga —decía Ti Belarmino, que tenía la desdicha de parecer siempre borracho sin estarlo.

Las primeras horas de la noche reunían a los más trabajadores; los que antes se retiraban para madrugar. El año siempre era pobre en lluvias y los panes crecían ruines en los campos. Ya amarilleaban las espigas, y las conversaciones, por simpatía, se poblaban de historias de tesoros. En aquel momento sólo había tres parroquianos.

—Bah. También yo he oído que en el castro de Sejas hay enterrada una trucha de oro. Y una cadena que lo rodea entero en el de Gramedo. Y que Ti Josefa la Viuda encontró una cabra de oro y que la fue gastando a trozos, como quien gasta un jamón. —Miguelico hablaba espantando el aire con la mano, como si lo que estaba diciendo fuese humo—. Todo eso son oyendas. ¿Pero quién ha visto ese oro? ¿Alguno lo habéis visto?

Olibor, que había estado atento, se puso a secar con

un trapo que tenía al hombro vasos que ya estaban secos.

—El abuelo de mi mujer —se levantó Ti Belarmino y se fue hacia Miguelico, molesto, como para reconvenirle.

—Bah —volvió a espantar éste.

—Bah, no. Si no quieres creerlo, eso allá tú. Mira, nunca lo he contado. ¿Quieres saber cómo fue?

Miguelico se encogió de hombros.

—Cuenta, Belarmino. Que luego voy a contar yo lo de mi tío —animó Varela, el confitero, que siempre hablaba poco.

—¿Qué tío? —Se volvió Miguelico, entre intrigado y despreciativo.

—Mi tío Sebastián. El cura.

—¿Don Sebastián? ¿Es que fue tío tuyo? —Y se rió para desacreditarle.

—Tío abuelo —afirmó Varela, sereno, sin ofenderse, con lentos movimientos de cabeza y ojos cerrados—. Mi abuelo el de Quintana y él eran hermanos. Cuenta, Belarmino.

Belarmino se aclaró la garganta con un trago de tinto.

—Pues el padre del abuelo de mi mujer era un hombre muy leído y siempre que iba a las ferias volvía con algún papel. Qué sé yo: era su manía. Todavía hace unos años encontramos en un arcón del pajar una caja de libros que se habían comido los ratones. Ya sólo eran pedazos menudos. Bueno. —Hizo un gesto como si aquello fuese otro asunto—. Pues una vez volvió con un cuaderno que decía dónde estaban enterrados no sé cuántos tesoros. Veinte o no sé cuántos.

—Así cualq... —quiso interrumpir Miguelico riéndose.

—Deja. En el papel los nombres de las tierras estaban cambiados. Qué sé yo. Decía: «En la fuente de la

Liebre...» ¿Dónde está la fuente de la Liebre? ¿Tú lo sabes? Ah, no era tan fácil. ¿O qué creías, que iba a ponerlo todo por derecho? Bueno, pues el hombre se puso a estudiarlos todos y a dar en pensar que había uno que sabía dónde estaba. Decía, todavía lo recuerda mi mujer, de tanto como se lo oyó repetir a su padre, «Orilla de Peña Caballo, entre los dos abeduros, a tres codos de la fuente que mana al mediodía, a media vara del suelo, hay un puchero con oro». El hombre, como era muy cazador, conocía bien la parte que da al mediodía de estos montes. —Hizo un gesto en aquella dirección—. El otro lado no lo pisaba, pero éste lo tenía muy andado. Había muchas fuentes y muchos abeduros, pero se le metió en la cabeza que era una que manaba por encima de los corrales de Donado. Un día cogió al hijo (el abuelo de mi mujer), que era un rapaz, y se lo llevó al monte. Cuando llegaron, el hombre midió y se puso a picar en el hiyuelo de la fuente, todo alrededor. El rapaz, que se aburriría de mirar, se puso a jugar por allí y acabó alejándose. Como había poco monte, y aunque se alejase podía seguir viendo a su padre, fue subiendo sin miedo de perderse. Decía, esto se lo he oído contar yo, que había pasado por un sitio lleno de corros de piedra, como un pueblo con las casas caídas. Y que más arriba vio un estanque seco más grande que toda la pradera del Couto. —Se apresuró a apoyar sus palabras con afirmaciones de cabeza. Nadie se atrevió a hacer comentarios—. Y junto a uno de los bordes, una pilica de piedra con un caño del que manaba un hilillo de agua que a veces se interrumpía, como si estuviese a punto de agotarse. Siguió subiendo hasta la cumbre y, después de asomarse para Quintanilla, que decía que vio el campanario de la iglesia, dio la vuelta. Cuando se quiso dar cuenta, ya no veía al padre. Así que volvió por el mismo camino para no perderse. Quiso beber en el caño que había visto, pero ya no salía agua. Cuando llegó donde estaba el padre, todo el suelo estaba patas arriba. El padre descansaba a la sombra. El hombre no se creía que no apareciese el tesoro. El rapaz, que llegó acalorado, bebió a morro en la fuente y cuando estuvo fresco le contó al padre lo que había visto. —Ti Belarmino dio otro trago. Los demás, sin darse cuenta, le imitaron—. Y al contarle lo de la pila y el caño, el hombre miró el reloj. Y le preguntó al crío si había árboles. No había ni uno. Le dijo al rapaz que le llevase y cuando llegaron aún había agua en la pila, aunque el caño estaba seco, como si hiciese mucho que había llevado agua. El hombre volvió a echar medidas y a picar. Y cuando llevaba menos de medio redondel, apareció el puchero. Un puchero hasta arriba lleno de monedas. ¡Aquélla era la fuente! —Ti Belarmino se puso orgulloso, como si hubiese dado él con la solución de un misterio—. Manaba al mediodía. Pero no en esa dirección, sino en ese momento.

—Dos preguntas. —Levantó un dedo Miguelico.

—Media hemina hizo —añadió Ti Belarmino, como si no le escuchase—. Media hemina en onzas de oro.

Miguelico le dejó agotar bien las palabras. Por fin, después de un rato de silencio, insistió.

—Dos preguntas. ¿Y los abeduros?

—No había, ya lo he dicho.

—¿Y entonces?

—Coño, qué sé yo. Cuando se escribió el papel a lo mejor sí estaban.

—¿Y qué pasó con el tesoro? Porque a tu suegro yo lo recuerdo siempre pobre.

Ti Belarmino quedó un poco desconcertado.

—¿Pobre? ¿Mi suegro pobre? Tú no sabes cómo se comía en aquella casa. —Se notó que ni siquiera a él le valía aquella justificación—. Y oye, que quien lo encontró fue el padre de mi suegro. —Después se quedó callado, como pensando en hacerle la misma pregunta a la mujer cuando llegase a casa.

Miguelico cabeceaba desdeñoso.

—¡Historias!

—Historias, no —le reconvino Varela—. Verás lo que le pasó a mi tío. Tú sabes que fue cura en Boya, ¿no? Bueno, pues estando allí de cura soñó durante tres noches que en la iglesia de Manzanal, frente al San Roque, estaba enterrado un tesoro.

—Ah, ahora es con un sueño —cortó Miguelico, burlón.

—¿No lo crees?

—¿Los sueños anuncian las cosas?

—¿Entonces? ¿Para qué si no sirven los sueños? Anuncian lo que no sabemos. Lo mismo de lo que va a pasar, de lo que pasó y de lo que está pasando. ¿O es que tú no sueñas? —Miguelico se calló, como confundido—. ¿Sigo? Bueno, lo que a él le llamó la atención no fue soñarlo, sino soñarlo tres noches seguidas. Así que, sin pensárselo dos veces, se marchó a Manzanal. Por lo menos hay tres días de camino. Pues él se fue. Cruzando el Morredero, fíjate, para que luego digas de los sueños, se encontró con un paisano que se había ido de casa porque había soñado que se lo comían sus perros y aquello le había llenado de miedo. Los había matado a todos, menos a un perrín de lanas que llevaba con él. Bueno, cuando llegó a Manzanal, se metió en la iglesia, y tanto rondar junto al San Roque llamó la atención del cura, al que no conocía. Y claro, mi tío le explicó por qué había ido, no le iba a mentir. Cuando se lo contó, el otro se echó a reír y le dijo que cómo se fiaba de los sueños, como tú, mira, y que también él había soñado que bajo el altar mayor de la iglesia de Boya había un tesoro, y que nunca se le había ocurrido ir a buscarlo. Mi tío se despidió y se volvió a casa. En el camino, ¿sabes qué encontró? Pues a aquel paisano.

¿Y sabes cómo estaba? Comido por los lobos —y haciendo énfasis añadió—: los perros del sueño. Le habían comido medio lado. Y el perrico estaba junto a él dejándose morir. Para que luego digas. Se lo había anunciado un sueño. ¿O no? A su manera, pero se lo había anunciado. Mi tío lo tapó y le puso una señal encima para mandar luego a buscarlo. Al final no lo enterró en sagrado, no te creas, algo maligno le vería. En el pueblo dejó pasar unos días antes de salir con que había que hacer obra en el piso de la iglesia. La primera tarde, al levantar la cuadrilla de obreros una losa del altar mayor, mi tío vio brillar algo. Les dijo que lo dejasen para el día siguiente, que ya se hacía tarde, y cuando se quedó solo movió la losa y allí estaba el tesoro.

—Pero eso es la historia de la Pava de Oro, que encontraron junto al río. Me parece que has envuelto… —se burlaba Miguelico

—No he envuelto nada —replicó Varela molesto, casi ofendido.

—¿Y qué hizo con él? —preguntó Miguelico, suave, conciliador, como si ahora de verdad le interesase.

—Bah, la culpa la tengo yo por contarlo. Con la de remordimientos que le trajo aquello…

—Con todos los respetos hacia tu tío, yo creo que los tesoros sólo están en los cuentos.

Varela se le quedó mirando fijamente como pensando lo que le iba a decir.

Olibor se había ido poniendo cada vez más inquieto. Y de repente habló:

—Me vais a perdonar que me meta en la conversación. —Como Olibor casi nunca hablaba, cuando lo hacía, su voz tenía una autoridad especial y se quedaba sola—. Ya veo que hay quien desconfía de estos cuentos de viejas. —Miró a Miguelico—. Hay tesoros, pero están malditos y lo mejor es no tener trato con ellos. Si me dejáis, yo voy a contaros una historia. Luego, allá cada cual. Es casi la historia de esta taberna y algunos ya habréis oído algo. —Hizo una pausa—. Cuando llegaron las primeras noticias de que se acercaba el francés, esto —pisó el suelo dos veces con el mismo pie— era una venta. La dueña era la Ti Benita, que entonces estaba viuda y sólo tenía una hija, una chica un poco tarda. La Ti Benita tenía fama de avara y de tacaña. Y, sobre todo, de rica. Se decía que tenía una fortuna. Cuando oyó lo del francés, dicen que escondió todo su oro en alguna parte. —Señaló alrededor, más allá de las paredes—. Y un día de pronto cayó enferma. Una congestión. —Se tocó la cabeza con un dedo—. Todos los que iban a verla le pedían que dejase dicho dónde guardaba el tesoro. Pero como si no. El día que se murió sólo estaba con ella la hija, que se pasaba las horas muertas sentada mirándose las manos. La Ti Benita se incorporó y quiso decir algo. La hija no la entendía, y como sólo oía hablar del tesoro, le preguntó si era eso lo que quería decir. Entonces la Ti Benita extendió un brazo y así dio el alma. La hija no supo si estaba señalando algo o es que había querido coger un vaso de la mesilla. Hizo una señal en la pared para no olvidar la dirección que señalaba. Quedó como única heredera y le salieron pretendientes. Acabó casada con un portugués que la enamoró con una poesía que sabía. El portugués atendía la venta, pero tampoco desatendía buscar el tesoro. El hombre murió sin encontrarlo. La venta pasó al único hijo que tuvieron. Éste también buscó el tesoro. Era casi una obligación familiar. Cuando él murió, quedaron cinco hijos. Pero un invierno la gripe se llevó a cuatro. Quedó Adoración, la pequeña. En fin: resumiendo: Adoración tuvo dos chicos. Lo más distintos que se pueda imaginar. Como de dos madres diferentes. El mayor tenía la obsesión de la familia de encontrar el tesoro. Era pendenciero, un poco bruto, valiente y bebedor, pero noblote. Y ya digo que estaba endemoniado con la idea del tesoro. El otro era obediente, trabajador y callado. Éste, el pequeño, se casó con una mujer de la que el otro presumía que había sido suya. Ella decía que la había pretendido y que le había rechazado. Cuando la madre murió, partieron y al pequeño le tocaron los pastizales y las otras tierras. Y al mayor, la venta. La suerte repartió según cada carácter. En cuanto pudo, el mayor cerró la venta, el mejor negocio de toda la región, y no paró hasta que la desordenó entera. Movió todo de sitio, tiró muros, levantó baldosas y cavó una zanja desde la habitación en que murió la Ti Benita hasta el muro del patio siguiendo la dirección que la bisabuela había señalado un momento antes de rendir. El tesoro no apareció. Cuando quiso volver a abrir la venta, estaba hecha una ruina y nadie quería parar en ella. Mientras, el pequeño oreó todas las tierras —tuvo que roturar alguna—, abonó, aró, sembró, segó pastos, compró unos jatos y en poco tiempo, sin descansar, pero también sin agotarse, acumuló un dinero que le permitió hacer préstamos más fértiles que sus cosechas. Pronto tuvieron un hijo y a partir de entonces el mayor dejó de ofender en público a su hermano con los comentarios sobre su mujer. Se dijo incluso que a veces iba a ver a su sobrino cuando no estaba el hermano en casa. Fue por entonces cuando decidió marcharse. Una noche de truenos se presentó algo bebido, calado hasta el alma, en casa del hermano para pedirle dinero. Había sabido de unas minas en las que había tanto oro, que cuando se clavaba el pico en el suelo, salía amarillo. El hermano no quería, pero la mujer intercedió por el cuñado, lo que enfureció al marido, algo que nadie había visto nunca. El mayor no sólo no se amedrentó ante aquella actitud, sino que incluso le amenazó con hacer público cierto secreto que los tres sabían. El pequeño cedió. Le dejó el dinero, pero a cambio de hacerle firmar un papel en el que el hermano aceptaba una condición: si en un plazo de dos años no se lo había devuelto, con los intereses, la venta pasaba a su propiedad. Transcurrieron los dos años y como el hermano no había vuelto, el pequeño se puso manos a la obra y levantó la venta de sus ruinas. Retejó, puso en pie muros, tapó agujeros, quitó zarzas y la dejó impecable. Plantó frutales dentro y fuera... En apenas unos meses, la venta volvió a llenarse de viajeros y de voces y ruido de animales. El negocio, sin otras manos que las suyas y las de su mujer, daba tanto dinero que dejó de trabajar el campo y arrendó las tierras. Pasados siete años, el hermano mayor volvió. Volvió muy envejecido y poco bullicioso, como apagado. Ahora sus tormentas no las veía nadie. Seguramente seguía siendo el mismo, pero todo iba por dentro. Volvía rico, pero nunca dijo cómo había hecho el dinero. Quiso recuperar la venta, y el hermano le enseñó el papel firmado, que él ya no recordaba. Ofreció dinero, que no fue aceptado. Un día se descubrió; cuando se alejaba, después de haber insistido inútilmente una vez más, le dijo al hermano, riendo: «Nunca encontrarás el tesoro de la Ti Benita.» Entonces, con una cuadrilla de jornaleros, edificó otra venta con piedras nuevas, en un lugar más llano. —Olibor no quiso dar detalles. Los otros, por sus gestos, no sabían dónde—. Y desvió el camino, como quien desvía un río, para que pasase por su venta. Desvió el cauce, pero el río no le obedeció. Los viajeros y los caminantes siguieron yendo por el antiguo camino. Él se pasaba los días a la puerta, como un reclamo, pero nadie entraba. Y si pasaba alguien extraviado que le preguntaba por el camino, él respondía que el camino era aquél. Muchos se lo discutían. Le decían que no, que pasaba por la Venta de los Marineros, que siempre lo había hecho y que ése era el camino de toda la vida, y él escuchaba, sereno, y respondía que sí, será como usted dice, pero nunca pasó por ahí. Quería borrar aquel camino. No sólo que no pasase por allí, sino que no hubiese pasado nunca. Un día, el hijo del hermano pequeño llamó corriendo a su madre. «Mamá, mamá, que hay un hormiguero en la cocina y ya han hecho un montón de tierra.» La madre estaba ocupada y le dijo que ya lo quitaría. A la hora de comer, cuando la madre entró en la cocina, el rapaz le mostró el hormiguero, debajo de un escaño. Y allí estaba. El montón no era de arena, sino de oro. Oro en polvo, limpio, sin mezclar con nada. Allí estaba el tesoro, debajo de la lareira, seguramente la única piedra que nadie había levantado. La noticia corrió como el viento. Pronto lo supieron todos. Todos. Esa noche la familia durmió en la cocina, con medio suelo levantado. Y esa noche el hermano mayor de antaño resucitó en el de ahora y, enloquecido de rencor, prendió fuego en las cuatro esquinas de los alrededores de la venta. El fuego la cercó y no tardó en pasar adentro. Los viajeros hospedados lo advirtieron y fueron los primeros en escapar de las llamas. En medio de la confusión, entre resplandores, unos se buscaban a otros. Cuando se dieron cuenta, sólo faltaba el niño. Las mujeres se pusieron a gritar. La casa estaba toda en llamas. De la oscuridad surgió el hermano mayor, que corrió hacia la casa. Tras él corrió también su hermano. Se oían caer vigas del tejado y muros que se desplomaban. Por fin, se vio cómo salía, por una de las ventanas, el hermano mayor con un bulto abrazado. Lo dejó en el suelo y se volvió a meter en la casa. El tejado se hundió entero con un ruido horroroso, como si se hubiese hundido el cielo. Y cuando el fuego era más alto, de entre el humo salió una silueta, lenta, como un aparecido. Ya lejos de las llamas, se dio la vuelta y se quedó mirando el fuego. Era el hermano pequeño. —Olibor hablaba cada vez más despacio—. El fuego murió manso a los pies del roble Cadelo. Pero la casa, la venta entera, siguió ardiendo toda la noche. Por la mañana aún salía humo y chispas de los escombros, y se oía un rumor de fuego oculto. De entre los cascotes asomaban las vigas más largas, carbonizadas, algunas todavía con los restos de los nidos de golondrina. —Olibor volvió a hacer una pausa—. Después de salir el sol, empezó a llover. Las gotas chisporroteaban y levantaban nubes de vapor y de ceniza. —Se quedó callado. Pareció que afuera aún se oía caer la lluvia sobre las brasas. Olibor miraba el suelo—. Aún recuerdo su olor a vino. Aquel niño era yo.

Olibor se quedó en silencio y nadie se atrevió a preguntar nada.

Las ramas del roble Cadelo se agitaron y se oyó un batir de alas de pájaros nocturnos.

Las merujas crecen en el agua y cuando echan flor ya no se pueden comer. Bea y su abuela han estado toda la tarde andando. La vieja lleva unas botas de goma, unas tijeras en una mano y una bolsa casi vacía en la otra. A lo lejos ven una pradera enorme, con manchas circulares de un verde más oscuro.

Al acercarse, la decepción con que miran un río de flores que se adentra en la pradera.

## NOCHE DE REYES

—Déjamelo ver, que ya se me ha olvidado cómo era —dijo el niño.

La niña separó un poco el hueco que hacía con las manos, para que se asomase el niño, que puso cara de asombro.

—¡Toño! —se oyó un grito.

El niño volvió un instante la cabeza y siguió mirando.

—Me tengo que ir, Bea —seguía mirando como si hubiese algo que no quisiese perderse.

—Esta noche perseguimos a la luna —la niña casi tuvo que gritar, porque el niño ya se iba corriendo.

—Esta noche no me dejan —contestó el niño, como si aquello le alegrara.

—¿No te deja don Roberto? ¿Quieres que vaya yo a buscarte y le decimos… —El niño corría y no parecía oír—. ¡Toño!

Se iba la tarde. Camino de casa, Bea fue pensando en la noche que se acercaba. Quedaba muy poco para que pasasen los Reyes y dejasen su desigual reparto por las casas. No entendía por qué siempre le dejaban a él los mejores regalos, si ni siquiera tenía madre, lo que le parecía un demérito. Y, aunque en cuanto él se levantaba iba a buscarla para compartirlos, ella se hacía la perdidiza durante todo el día.

Entró en casa y cogió el cántaro para llenarlo en la fuente.

—¡Abuela!

No contestó nadie.

Por la mañana había llovido y en la calle aún quedaban charcos. Bea los iba pisando como distraída. Ya se veía la primera estrella. De repente se le ocurrió.

*

Tienen que venir por Gramedo. Es por donde viene todo.

*

El camino entraba en La Carballa por el suroeste. Venía de las tierras llanas, sin apenas curvas. Atravesaba el pueblo de una esquina a otra haciendo un codo, salía por el norte, se precipitaba por una ladera hacia el río —que cruzaba por un puente muy antiguo—, se internaba por robledales, roquedos y brezales, y se iba en busca de los pueblos de uno y otro lado de la sierra.

*

Primero van a ir a casa de Ti Ñurra. Y luego, antes de ir a la de Toño, tienen que pasar por la del Músico y por la de Julia.

*

Para entrar en casa del Músico había que pasar una puerta grande que se cerraba sola, cruzar lo que había sido un corral y subir unas escaleras exteriores que daban a una galería cubierta orientada al mediodía.

*

Dejarán los camellos fuera. Mientras ellos suben, los puedo esconder en un pajar. Cuando quieran encontrarlos, ya será de día. Así esta vez no podrán dejarle nada.

*

Al llegar a la fuente la asustó un ruido. Se quedó quieta hasta que de la oscuridad salió Julia con un cubo demasiado grande y demasiado lleno que a cada paso derramaba un poco de agua.

—¡Qué susto me has dado! —dijo Julia, dejando el cubo en el suelo—. No te había oído.

—Tú también me has asustado.

Julia, sonriendo, rodeó el cubo para cambiarse de mano. Bea nunca le había visto tantos dientes.

—No te puedo esperar. Dice mi padre que este año me van a traer lo que he pedido. Así que tengo que ser buena. —Y se alejó con su cubo, que parecía tirar de ella.

Bea puso el cántaro debajo del caño y lo dejó llenarse solo. A medida que se llenaba, el ruido iba cambiando.

Hubo un relámpago, y la noche, mera ausencia, durante el instante del fogonazo mostró su presencia más rotunda.

De vuelta a casa cayeron algunas gotas. Antes de llegar a la puerta, ya había renunciado a su plan.

Al posarlo en el irregular suelo de la cocina, el cántaro avanzó unos torpes pasos, como si tuviese atados los pies, y cayó sin ruido. El agua se extendió bajo los escaños como la meada de un gato gigante.

El águila, sin esfuerzo, como si no participase en ello, ha cazado una repetida alondra. Es muy temprano. Los pollos aún duermen en el nido. Los del águila y los de la alondra.

**EL CRIMEN**

En toda la región era conocida como la Portuguesica, con un diminutivo que apuntaba a su tamaño y al cariño que se la tenía. A La Carballa llegaba por la cuesta de los Carriles, con su atado de telas sobre la cabeza. Enseguida la rodeaban los rapaces, para los que siempre tenía alguna golosina.

Todas las mujeres sabían que había tenido un hijo y que se le había muerto antes de cumplir un año, pero como ella vivía con la fantasía de que estaba vivo, siempre le preguntaban por él.

Exponía su mercancía en alguna plaza y se iba a la caída de la tarde.

\*

Una noche de invierno paró en una venta de los Valles que atendían una mujer y el hijo. Mientras esperaba la cena, sentada al fuego, la mataron de un golpe en la cabeza.

Cayó sobre la lumbre. Cuando la apartaron, el fuego la había desfigurado, y a través del agujero de la carne consumida se veían algunos dientes, en una risa monstruosa. La desnudaron para registrarla y le robaron un puñado de monedas que llevaba en una bolsa de tela colgada del cuello.

—Madre, qué poco dinero traía.
—Pues qué esperabas.
—Hay algunas nueces.
Se sentaron a comerlas. Después arrojaron al fuego las ropas.
—¿Qué hacemos con una cosa tan pequeña, madre?
—Súbela al sollao.
El muchacho la subió al altillo y la posó en las polvorientas tablas sobre las que cada noche corrían los ratones. Antes de irse la tapó con una vieja manta de caballo con olor a orines.

A la mañana siguiente nadie reparó en la ausencia de la Portuguesica.

Por la noche la mujer le mandó al hijo:
—Bájala a la helada y estáte con ella hasta que se ponga tiesa, no vaya a ser que dé en oler.

El muchacho cargó con ella sin esfuerzos, la sacó al frío y la sentó en lo alto de un rimero de leña. Se quedó de compañía fumando un cigarrillo y echando miradas furtivas a los quietos pies de la Portuguesica, que quedaban a la altura de sus ojos. A ratos, se soplaba las manos. Tomó un trapo del suelo y se lo echó por los hombros a la Portuguesica, que parecía mirar, con la cabeza ladeada, las estrellas.

En días sucesivos, la fue vistiendo poco a poco con restos de telas que encontraba, como a una muñeca pobre. A pesar de la ropa, la Portuguesica ennegreció, pues el frío le quemó la piel. Ahora, por el día el muchacho la guardaba entre unos brazados de paja que había subido de la cuadra.

Llegaron los primeros días de la primavera.
—Ya viene el calor. Se nos va a pudrir. Hazla cachos y entierra cada uno en un sitio diferente —ordenó una noche la madre.

El muchacho la despedazó como si partiese leña.
La cabeza la arrojó a un pozo en desuso.

Como un reflejo, siguió saliendo cuando oscurecía y sentándose en la piedra de costumbre. A veces se levantaba, tomaba dos o tres maderos, se los echaba a los brazos, los sopesaba como haciendo memoria, los paseaba un trecho y los depositaba con cuidado en lo alto del montón de leña.

Una noche en la que aún heló, al recordar las veces que había transportado en brazos a la Portuguesica, como a una novia, se encontró llorando enormes lagrimones que goteaban sobre el suelo de pizarra y se cuajaban como turbias escurreduras de cera. Entonces dio en añorarla y en pensar que estaba enamorado de ella. Y sintió tanta pena y tanto remordimiento que sólo halló consuelo en confesar el crimen.

Les dieron garrote una mañanita de verano.

Un año hubo en La Carballa una invasión de caracoles, unos caracoles enormes, como cantos rodados. Fue a finales de verano y parecieron surgir del río. Subieron la cuesta, ordenados, como si fuesen un solo organismo, una sola voluntad. Extrañamente, la suma de aquellos seres inofensivos era una amenaza. Mondaron todos los vegetales que les salieron al paso, como un otoño meticuloso. Y cuando avanzaban hacia los verdes recortes de la vega y el desastre en las huertas parecía inminente, un breve toque de campanas, sin otra intención que anunciar la vuelta del ganado, les descompuso el sentido de la orientación y se dieron media vuelta. En la retirada, el fin les fue alcanzando, como a todo, de una manera individualizada y fueron quedando detenidos, como un ejército aniquilado, unos trepando tallos, otros colgados de ramas y de troncos, otros avanzando por la tierra seca, no como si se hubiesen acabado sus vidas, sino como si se hubiese detenido el tiempo. Durante varios meses, aún fue visible un cinturón de conchas que los días fueron blanqueando y ocultando entre la maleza renacida.

## POBRES Y MÁS POBRES

Había un turno, o vez —que en La Carballa llamaban «vela»—, para acoger a los pobres que llegaban, y que era obligatorio e inalterable. La solidaridad no era voluntaria. «¿Por dónde va la vela del pobre?», se oía preguntar cuando aparecía alguno. Todos los vecinos, cuando les correspondía, se las tenían que arreglar como pudiesen para alojarlos. Y así como los más ricos —término que en La Carballa hay que entender de una manera muy relativa— siempre tenían algún pajar, permanentemente dispuesto y despejado, y que llamaban la pobrera, los más pobres a veces se veían en la obligación de instalarlos en su propia casa.

Casi todos eran casos de pobreza reconocida y justificada.

Estaba Alejo, que volvía periódicamente, como un cometa, y que tenía medio cuerpo paralizado —la mano derecha retorcida y pegada a la ingle—, y al que seguía una nube de rapaces, gritando su nombre a coro —«¡Alejo, Alejo!»—, como si fuese un insulto, y que cuando Alejo se revolvía, furioso, lanzando escupitajos que le caían sobre el pecho, o sobre la barbilla, se dispersaban asustados como una bandada de gorriones.

Estaba el respetado ciego de Doney, que cantaba sus coplas con una voz grave, que hacía más grave lo que cantaba, y que antes de que la guerra, con su multiplicación de horrores, privara sus historias de interés, cantó el crimen de la Portuguesica, el del parricida por amor y el del Renegado de Murcia, que aunque no tenía sangre impresionaba más que todos los otros.

Estaba la cosecha de chiflados mansos que producía la tierra, y que se especializaban en una manía diferente.

Y estaba la estremecedora e inevitable marea de familias enteras a las que algún incendio quemaba la casa, o la cosecha, y obligaba a echarse al camino.

Una de esas familias a las que la necesidad puso en marcha no tardó en descubrir su vocación nómada y dio en fingir un papel cuyo éxito dependía de que nadie sospechaba que se pudiese fingir semejante papel, y que para no levantar sospechas evitaba las repeticiones en su itinerario. Una familia formada, en el momento de llegar a La Carballa, por una madre —una mujer ciega— y dos hijos, y en la que faltaba el padre hacía más años que los que tenía el pequeño, detalle que la mujer se ocupaba de ocultar, o de confundir, si bien no era el único. Aunque nadie lo advirtiese, se esforzaba por que las omisiones diesen la forma que ella quería a la vida de su marido, una vida que ella solía resumir con un portazo; un «se murió», dicho, eso sí, con mucho sentimiento, pero que no permitía ver lo plagada de acontecimientos que había estado.

El más conocido se puede leer en la letra pequeña de algunas historias de la primera gran guerra europea. Entonces él era apenas un rapaz. Vivía en un pueblecito del este de Francia, donde había nacido y donde —debido a una temprana y misteriosa inclinación— ya se le conocía como el Español, apodo por el que extrañamente se le siguió conociendo cuando, años después, pasó a vivir a España, su gran sueño. El pueblo estaba cerca de la frontera con Alemania y una de las obsesiones de los mandos de las tropas aliadas estacionadas en aquel sector de la línea era un enclave estratégico francés que a los pocos días de estallar la guerra había pasado a poder alemán. Y él, el muchacho que esperaba con ansiedad cumplir el año que le iba a permitir ser llamado a filas, tuvo una idea genial... si hubiese salido bien. El objetivo aliado era antes destruirlo que recuperarlo, pues habría hecho falta un gasto logístico excesivo en su conservación. Pero la dificultad de la aviación —único modo que tenían de acceder a él— consistía en localizarlo, pues era un blanco diminuto y poco contrastado del terreno, que además estaba rodeado de montañas, lo que obligaba a volar a gran altura. Y la gran idea consistió en atravesar el frente, hacerse pasar por alemán y ofrecerse voluntario —aprovechando el conocimiento del alemán que le había dado vivir en la frontera—, insistir, pues imaginaba que por la edad le iban a rechazar, y simular resignarse con cualquier ocupación para servir en la plaza. Jardinero, por ejemplo. Después sembraría alrededor de todas las instalaciones unas flores, blancas —no de otro color— de floración rápida y vida efímera que brotarían la mañana misma del ataque, ofreciendo un blanco perfectamente visible. Pero desde el principio todo salió mal. Primero estuvieron a punto de aceptarle. Fue él quien tuvo que hacer ver que era menor de edad. Su ofrecimiento como jardinero fue recibido primero con risas y después con desconfianza y con sospechas. Se le ofreció recoger la basura, lo que le permitió hacer la siembra, aunque furtiva, apresurada, incompleta, desastrosa. La mañana de la floración las flores no se abrieron. Los aviones franceses sobrevolaron la zona y, para no hacer el vuelo en balde, dejaron caer a ciegas unas cuantas bombas. Ni una sola alcanzó su objetivo. Todas cayeron o en tierra de nadie o sobre edificios civiles. Una dejó cojo para siempre al Español.

Los alemanes nunca llegaron a entender aquel bombardeo al azar. Y aún se quedaron más perplejos cuando una mañana, como una semana después, brotaron unos manchones de florecillas exclusivamente alrededor de sus instalaciones militares, que por la tarde ya se habían marchitado.

Años después, acabada la guerra, el muchacho cumplió su sueño de viajar a España. Cómo en lugar de acabar en una gran ciudad, en alguna de las desembocaduras naturales de todos los caminos, prefirió remontar ramales marginales hasta acabar dando en una zona remota, es un misterio extraordinario. Pero casi lo es más que desde entonces no mostrase deseos de volver a irse. Antes de conocer a la Ciega y de mezclarse con ella —de encadenarse al lugar, en cierto modo—, ya se había instalado voluntariamente, y sin quejas, en la rueda de faenas rigurosas y de miserias en que giraban los naturales.

En su nueva vida siguió desarrollando su carácter fantasioso y sentimental, poco realista. Acabó comprando un carro, pero las razones que dio fueron bastante peregrinas, nada prácticas. Su intención era perderse con él en un día de niebla y aparecer en otro mundo. Ya para entonces era de sobra conocido en los alrededores por sus extravagancias, que se sucedían con tanta rapidez que se hacían olvidar unas a otras.

Cuando tuvo que vender el carro, porque las deudas se lo comían como sabañones, se le desarrolló una melancolía mística y se obsesionó con la idea de morir en armonía con el mundo. Fundirse en el paisaje que tanto había amado. Desintegrarse en miles, en millones de pedazos, dispersarse por los montes, por los campos, entre la bruma, en el cielo azul. Un día desapareció y sólo se encontró de él un testamento, a su manera muy poético. Se le buscó en vano durante más de un mes.

Se dio con él cuando alguien advirtió que el río bajaba envenenado y que había un tramo en el que las truchas flotaban hinchadas, con el vientre blanquecino al aire y los ojos muy abiertos, como si aún mirasen. Su cuerpo podrido se encontró aguas arriba, sumergido en parte, con una soga atada al cuello pisada por una piedra enorme, envuelto en una nube de agua turbia y maloliente, detenida en torno a él, como si se hubiese hundido una tormenta.

Fue entonces cuando la Ciega y el hijo se dieron a la vida de pobres errantes. Y fue entonces cuando la figura de la Ciega empezó a adquirir un relieve que a la luz de acontecimientos posteriores quedó claro que siempre debió de haber tenido; a convertirse en una figura casi legendaria. Diez, once meses después —no nueve, en todo caso— nació Cristián, el pequeño.

A La Carballa y sus alrededores llegaron años después, en los días previos a la guerra. Ella —una mujer madura— y los dos chicos, Cristián y Virgilio, que andarían por los quince y los treinta años.

El pequeño, que apenas hablaba, lo que, unido a un gesto de abstracción que no se le borraba, le daba un aire de inteligencia superior, era retrasado. Su madre lo llamaba Perro.

El mayor era bellísimo. Desde muy joven había vivido asediado por las mujeres, que perdían la cabeza cuando las miraba, única actividad que se permitía desplegar ante ellas, pues era de carácter pasivo y durante toda su vida se limitó a dejarse llevar por los acontecimientos. Una mirada que cuando cesaban sus efectos era recordada como demoníaca, aunque paradójicamente hubiese unanimidad en calificar el aspecto del joven de angelical. Era delgado, alto y tenía el pelo rubio, aunque por la época en que llegaron a La Carballa se le había empezado a caer por la coronilla, lo que le daba a su perfil un corte un tanto ridículo. Sus ojos eran azules, con dos tonalidades claramente delimitadas por una línea, que parecía la del horizonte en alta mar; en algunos puntos se veían manchas oscuras que parecían peces brincando sobre el agua. Había mujeres que afirmaban haber oído el estrépito que hacían al zambullirse. Otras aseguraban haberse salpicado. «Mojado, querrás decir», replicaban algunos hombres, con malicia.

Se podría reconstruir el itinerario que durante años siguió aquella familia, señalando los pueblos en los que aún sobreviven aquellos ojos, inconfundible marca de paso del pasivo donjuán.

Y estaba ella, la Ciega, como se la acabó nombrando con intención insultante, la mujer siniestra, de la que tan poco se supo en vida y con la que tanto se fantaseó a su muerte. El alma de aquel triple y único organismo. Su voluntad, su energía. Que manejaba a los hijos como si los ciegos fuesen ellos.

En La Carballa se alojaron en un pajar de Consuelo la Cuartelera, que consiguió alterar la vela cuando vio al hijo mayor. Allí estuvieron dos días sin moverse, como postrados, fingiendo querer pasar inadvertidos, pero sabiendo que se estaban ganando la compasión de todo el pueblo. Después se supo que en todos los sitios habían hecho lo mismo.

Su actividad empezaba por la noche. Se ponían en marcha de madrugada. Guiados y espoleados por la madre, entre las continuas protestas de los hijos, que ella acallaba ásperamente; como siempre los solía tratar, por otra parte.

—Pastranes... No estáis enseñados a trabajo ninguno. No valéis ni para apañar. Anda ligero, Perro, que no tenemos toda la noche.

Ellos, que se pasaban el camino tropezando, nunca se le sublevaban.

La dinamita se supone que la habían robado en algún pueblo minero del norte. Ponían uno o dos cartuchos en bocas de cuevas, en castros, en dólmenes, en lugares señalados por la tradición como escondites de tesoros, información que no se sabe de dónde sacaban, aunque se sospecha que la conseguía el ángel.

Se acabó sabiendo que en Molezuelas habían buscado un carro tirado por una pareja de bueyes, de tamaño natural, todo en oro; en Utrera, un caballo con un arado, también de oro; en Gramedo un cabrito de lo mismo, al que le faltaba una pata; un peine de plata en Quintanilla; una trucha de oro en Corporales; pucheros de oro en muchos otros sitios... Lo que indicase la leyenda local de cada aldea. En La Carballa, la tercera noche de su estancia reventaron la piedra en la que estaba grabada la figura de la Pava de Oro, junto al río, cerca de la carretera. Siempre eran lugares apartados para que al pueblo llegase el estruendo muy amortiguado, una débil detonación que se incorporaba al sueño y quedaba alojada lejos de la consciencia. Su mayor temor era la guardia civil, con la que en sus andanzas nunca se toparon.

Aquella noche el ruido habría pasado inadvertido, de no ser porque el médico de aquellos días, don Ángel, volvía con el coche de atender un aviso intempestivo. Tuvo tiempo de ver cómo los dos jóvenes se ocultaban entre piornos de la luz de sus faros, cuando se dirigió al lugar de la explosión, y cómo la madre se quedaba quieta, perpleja de que sus hijos la dejasen sola, ignorante de que dos focos la estaban alumbrando.

Al día siguiente recibieron una visita de la guardia civil en el pajar de la Cuartelera. Les requisaron un puñado de monedas antiguas, una cuchara de plata, una anilla y otros hierros oxidados, y sobre todo dinamita. Una cantidad sorprendente —y alarmante— de dinamita, que no hubo manera de sacarles dónde la habían conseguido y a qué la destinaban. La cosa no pasó a mayores, porque los guardias se compadecieron de la pobre mujer, que además de ser ciega, «la cuitada», tenía que ocuparse de dos subnormales, tan bien hicieron todos su papel. Se les expulsó y se les prohibió volver a entrar en La Carballa.

Dos días después estalló la guerra. A La Carballa aún tardó en llegar casi una semana. Una tarde apareció por los Carriles un camión de soldados con uniforme del ejército leal que gritaban las consignas, los vivas y mueras que les eran propios. Recorrieron las calles agitando banderas y haciendo sonar la bocina, y a su reclamo se les fue uniendo una tropilla de desharrapados, gente desesperada, pero casi toda inofensiva. Juan Graña, Tomás el alguacil (a quien algunos atribuyeron la muerte de don Nicolás, el secretario), Vicente el Portugués, Ti Chacona, Fernando Comemierda, Elisardo, Paquitico Chocolates… Un puñado de infelices que se sumaron a los gritos exaltados, que se subieron al camión y que a la mañana siguiente aparecieron dos kilómetros más allá, pasado el río, tirados en la cuneta a distancias regulares, como sembrados por la muerte. Otra tarde, un camión del otro bando se llevó a don Santiago (el hijo de don Maximiano), que estaba de vacaciones, y a don Marcelino, el cura.

Unos días después llegaron las represalias particulares. Aparecían coches con sujetos de tal catadura que, aunque hacían sus averiguaciones con mucha educación, todo el mundo sabía las intenciones que traían. A algunos esto les salvó, pues dio tiempo a que les dieran aviso, lo que les permitió escaparse, u ocultarse. A otros no les valió de nada. El Regente se echó al monte y estuvo escondido varios meses, hasta que se pasó la ferocidad de los primeros momentos. Volvió encogido, con el ánimo averiado para siempre. Al maestro, don Roberto Camps, lo cogieron porque los pistoleros de su pueblo que vinieron a buscarlo convencieron a la ingenua de su cuñada de que les dijese dónde estaba, porque no le iban a hacer nada. Al practicante, que no quiso huir, porque decía no tener nada que temer, lo mataron a la puerta de su casa.

A don Ángel le avisaron cuando volvía a casa. Abandonó el coche en mitad de la carretera y echó a correr por el campo. Estuvo oculto hasta la noche, en que volvió a La Carballa para meterse en algún pajar, donde nadie le buscaría, pues le creerían lejos. Escogió un pajar de las afueras, uno de Ti Josepín. Tuvo que sortear a dos centinelas que patrullaban los caminos, dos hombres del pueblo en los que confiaba, y a los que estuvo a punto de hablar, pero prefirió no poner a prueba. Entró por una ventana y nada más entrar oyó algún ruido, que le dejó paralizado, pero pensó rápidamente. Sólo podía ser o un animal o alguien en su misma situación.

—¿Hay alguien ahí? ¿Quién está ahí?
Y de la oscuridad salió una voz femenina.
—¿Qué quieres, Satanás? Aléjate de aquí.
Estas palabras tranquilizaron por completo a don Ángel.
—No tengas cuidado, mujer. Soy de los tuyos.
No había reconocido la voz. Supuso que la mujer era de otro pueblo y que había llegado allí huyendo. Trató de saber algo sobre ella y de tranquilizarla, pero ella se negó a hablar. Ignoraba que la voz era de la Ciega, que llevaba allí, junto con los hijos, más de una semana. No es que hubiesen desoído la prohibición y hubiesen vuelto. Es que nunca se habían llegado a ir. La Ciega había decidido quedarse y esperar la ocasión para ajustarle las cuentas a quien les había denunciado. Y ahora la providencia se lo ponía en las manos, porque ella, que nunca le había oído hablar, sí sabía quién era él.

Pasada la medianoche, la Ciega le ordenó al Perro que alborotase un poco para distraer al médico y cubrir con ruidos los que pudiese hacer su hermano, que salió con instrucciones muy precisas de a quién tenía que avisar.

De madrugada se oyó una voz que advertía que el pajar estaba rodeado. Don Ángel se entregó sin resistencia, en la confianza de que su mansedumbre le proporcionaría un mejor trato.

Lo fusilaron al amanecer, junto al cementerio. Apenas se retiraron sus verdugos, asomaron tres cabezas al lugar. Después de comprobar que estaban solos, los jóvenes condujeron a su madre hasta el cadáver. Ella lo tanteó con un bastón y le dio dos patadas rápidas y secas. Después le ataron al cuello una soga y lo arrastraron hasta un árbol cercano, del que lo colgaron. La mujer tiró con fuerza de las piernas, pero no contenta con eso se colgó de ellas, hasta que cayó al suelo de culo, porque se soltó el pantalón del muerto. Rabiosa, les dijo a los hijos que la levantaran hasta ponerla de pie sobre los hombros del ahorcado. Agarrada a una rama, saltó repetidamente sobre ellos. Sólo paró al oír un crujido de madera. El cadáver, aún caliente, seguía sangrando por las heridas. Pero no satisfecha, después de pedir jadeante que la bajaran, se sacó de debajo de la falda un cartucho de dinamita y se lo metió hasta la mecha al muerto en el trasero. Los hijos miraban con indiferencia. Cuando sonó la explosión, se alejaban por un camino sin excesiva prisa.

La guerra les descubrió el mundo en el que mejor se desenvolvían. Primero se hicieron maestros en el registro y despojo de cadáveres —especialmente de sus dentaduras—, pero no tardaron en extender sus actividades a los otros bienes que dejaban.

Pasadas las primeras semanas, los muertos fueron escaseando. Ahormados a su nueva vida, no se avinieron a abandonarla. Los sorprendieron robando en la casa de un pobre hombre, en un pueblo perdido. Estaban convencidos (tal vez estos procesos mentales sólo habría que referirlos a la madre) de que mientras respetasen a la gente decente nunca les ocurriría nada. Y menos, en el territorio de los propios rebeldes, que ellos consideraban sus aliados.

Se les sometió a algo parecido a un juicio, que duró más de lo que se pretendía, por la curiosidad que despertó el testimonio del Perro, que desde su simplicidad se arrancaba a declarar lo grande y lo menudo, a poco que se le preguntase. Casi todo lo que se sabe de sus andanzas procede de aquella sesión. (En cierta forma, lo que aquí ha salido es su versión.) La Ciega durante todo el tiempo sólo abrió una vez la boca. Después de uno de los interminables párrafos del Perro, se acercó al ángel y le susurró:

—No parece hijo nuestro.

No los mataron juntos. Cuando llevaban al mayor a la tapia junto a la que quedó muerto, opuso mucha resistencia. «¡No, no! ¡Déjenme! ¡No!», gritaba y se retorcía. Se veía sufrimiento en el rostro de quienes lo sujetaban. Cerca de la tapia gritó con todas sus fuerzas: «¡Me estoy haciendo pis!» Y de repente a todos se les desvaneció el sentimiento de horror por lo que estaban haciendo y se les transformó en una mera incomodidad.

A la Ciega la llevaron por el camino de la era.

—¿Tú crees en Dios? —oyó que le preguntaban.

—En la Virgen.

Caminaba muy erguida. Levantaba la nariz, como si oliese algo.

—Si me vais a matar, daros prisa, que ya se ha puesto el sol, no me vayáis a dejar malherida. —Oyó un murmullo—. Qué cuchicheáis. Parecéis viejas.

Ahora oyó cómo montaban los fusiles. Después se hizo el silencio. La Ciega parecía mirar por los oídos.

—Desatadme, hijos de puta. No me matéis como a un conejo.

Abría los ojos, entre blancos y azulados, como para escuchar mejor. Una mirada que desasosegaba. Alguien cogió una piedra y la tiró a su espalda. Se volvió y, pensando que la iban a disparar desde allí, levantó el pecho y la barbilla, altiva. De frente sólo tenía el campo, en el que sonaba una cigarra. La descarga tronó detrás de ella.

Al Perro lo mató un cabo con las manos, para ahorrar la munición.

Un camino en medio del verano. Entre el verde de robles y de humeros, entre la hierba seca, este arroyo de tierra que se adentra en la espesura, en el misterio. Piedras, hojas secas del color del polvo. A los lados, el leve hundimiento de las roderas. En el centro, una cresta con hierbas que no se atreven a crecer. Y de vez en cuando, una huella, una pisada. El rastro de una vida. Parece que se oye el rumor de pasos que vienen del pasado. Multitudes que pasaron muy despacio, de uno en uno, y se fueron para siempre. Estas piedras, que un tropezón las cambia de sitio, o las saca de esta luz, o de la sombra, estas hojas confundidas con el suelo, estas hierbas ruines... Cuál es la canción de todo esto.

## EL OSO

Habían bajado a ver las colmenas del río y en el camino habían visto cómo se cruzaban Ti Molondra, que volvía en burro —la mujer iba detrás, andando, con las herramientas en la mano—, y Orestes, que cuidaba las ovejas.

—¡Triunvirato! ¡Triunvirato! —gritaba Ti Molondra.

—¡Me cago en Dios!

—¡Triunvirato!: ¡a ver cuándo te haces cuadrunvirato!

—¡Hijo puta! ¡Un día te mato!

—¡Ay, Padre Eterno! ¡Quién fuera cuaderno!

—¡Anda por él!

Orestes le azuzaba a los perros —tan altos como él—, que permanecían sentados sin obedecerle, mirando a lo lejos.

Por eso iban de buen humor.

Apenas una hora después el niño veía cómo aquel hombrón, al que no conocía, mataba a golpes a su padre. No entendió por qué discutían, y con el tiempo llegó a olvidar que discutían y sólo alcanzó a recordar la brutalidad de los golpes, aquel gemido del cuerpo inconsciente antes de que la enorme piedra le aplastase la cabeza, aquellas piernas inmóviles, sus infantiles esfuerzos por mover la piedra, demasiado pesada para él, su huida al advertir que el gigante se le acercaba silenciosamente con otra piedra y, sobre todo, su amenaza, desde lejos, dirigida a aquel hombre, que lo miraba con mucha atención: «Algún día te mataré con mis propias manos.» Una voz escalofriante por proceder de un niño y que había sonado como ajena a él, como si hubiese salido de él sin su participación.

No sabemos bien quién era aquel niño. Conocemos al hombrón, al menos su nombre, Pablo el de la Maragata, un personaje lejano del que todos han oído hablar, y que contó toda la historia unos días antes de desaparecer misteriosamente, hace muchos años. Lo más razonable es que toda ella sea falsa, por una razón: la conocemos desde el punto de vista del niño, y no desde el del otro protagonista, el propio Pablo el de la Maragata, que es quien la contó, y que no debía de estar en sus cabales. Aunque no haya unanimidad, la mayoría piensa que todo es una invención de su cerebro enfermo, tan obsesionado con algún sentimiento de culpa, que llegó a imaginar que cometía un crimen, y a sentir que lo vivía bajo la piel de la víctima, a la vez que se veía a sí mismo desde fuera, algo un tanto complicado, es cierto.

De todos modos, la historia está tan llena de detalles, que se hace obligatorio referirla para que cada uno saque sus conclusiones.

El niño desapareció entre las urces en dirección a las montañas, cuando el hombre se arrancó a trotar tras él.

Primero se mantuvo comiendo frutas montesinas y raíces, dieta que pasó a completar con los insectos que menos le repugnaban. Con el tiempo aprendería a robarles las crías a muchos animales, e incluso a los pastores. Pero eso fue mucho más adelante. Al principio pasaba tanta hambre que llegaba a comer barro. El hambre y el miedo de aquellos primeros días debieron de producirle alteraciones fisiológicas y seguramente psicológicas.

Desde el principio el hombre fue todos los días, con una escopeta. No le importaba recorrer los cinco kilómetros que separaban La Carballa de la sierra. Cuando el niño advertía su presencia, echaba a correr despavorido, comportamiento que no tardó en corregir, pues dejaba un rastro de ramas agitadas, la pista perfecta para que el hombre supiese dónde debía disparar. Así que no tardó en dominar sus nervios y quedarse quieto y en silencio. Lo veía acercarse por la pradera que había que atravesar para llegar al bosque en el que el niño se escondía —en el que desembocaba el camino de La Carballa—, acercarse sigiloso, con la escopeta preparada, internarse entre los árboles apenas unos pasos y quedarse inmóvil, escuchando. Desde que ya ninguna rama se movía, antes de irse disparaba en direcciones diferentes los dos cartuchos cargados en la escopeta.

El hombre no le vio ninguna vez, pero sin duda sospechaba que estaba oculto, entre la vegetación. No faltó ni un solo día y su comportamiento demostraba que en ningún momento había pensado que el niño hubiese muerto o huido hacia otras tierras. Siempre en silencio, siempre con la escopeta a punto, todos los días aparecía a la misma hora, de manera tan predecible que cuando llegaba, el niño, cada vez más sereno, menos atemorizado, más dueño del bosque, ya estaba cómodamente apostado, dispuesto a observarlo tranquilamente, casi sin interés. A veces, sentado en una rama, arrojaba lejos un palo, o una piedra, y veía con indiferencia cómo el hombre se volvía, nervioso, y disparaba su escopeta. Alguna vez, antes de irse, prendió fuego a un atado de papeles y pajas secas y lo arrojó todo lo lejos que pudo. No alcanzaba a ver cómo las llamas se extinguían en el suelo húmedo, como si obedeciesen a una fuerza que las obligase a renunciar mansamente a su poder.

Poco a poco el hombre fue atreviéndose a internarse en la espesura, al principio poniendo toda su atención en no ser oído.

Pasaron años y el hombre seguía acudiendo a diario, adentrándose cada vez más en el bosque, y cada vez menos temeroso, con más soltura, con más familiaridad. Siguió disparando dos veces al azar antes de irse. El niño se hacía mayor, aunque crecía poco, seguramente debido a su deficiente alimentación. Y a pesar de que el miedo desapareció de su vida, no hacía nada sin tomar sus precauciones. Fue ampliando el territorio en el que se movía, pero siguió manteniendo un núcleo fundamental, una sección del bosque que para él era su vivienda, con sus muros, sus distintas dependencias, su tejado. Si llovía, tenía varios lugares fijos en los que guarecerse. Otros diferentes para protegerse de cada viento. Otros para no pasar calor, otros para dormir... Y no valía cualquiera. Siempre los mismos para cada actividad, como el que vive en una casa. Aquella porción del bosque para él era tan sólida que, si hubiese ardido, se habría sorprendido al ver que no quedaban al descubierto muros.

Llegó a conocer de tal forma la montaña, las formas del relieve, los cambios de vegetación, los caminos, desde todos los ángulos, en cualquier momento del día, en todas las estaciones, que siempre sabía en qué punto se encontraba. Lo mismo por el día que por la noche. Memorizaba todos los cambios que se producían en el paisaje, que por la acción del tiempo pasaba ante sus ojos como un río. Tal vez no concebía el tiempo y para él todo era espacio. Un mismo lugar en dos momentos diferentes eran dos lugares diferentes.

En parte por tener con eso sobrecargada la memoria, en parte por su trato habitual con animales, lo cierto es que los recuerdos se le fueron deformando y descomponiendo hasta resultar incomprensibles, todos salvo aquella escena, aquella única y brutal escena. Y lo mismo ocurrió con las palabras, que lentamente le fueron abandonando. Es muy posible que ni siquiera reparase en ello. Una noche soñó que aquel hombre se transformaba en su padre y que él se transformaba en aquel hombre, a la vez que una voz explicaba la transformación. «La vejez viaja hacia él; la juventud viaja hacia ti.» Al despertar, las palabras se desvanecieron en unas cuantas sílabas que también acabaron por esfumarse. Sólo conservó la imagen, una explicación por sí sola.

Sin palabras a las que asociar recuerdos, su memoria —o tal vez otra facultad— se ejercitó en recorrer otros caminos, y así a veces veía el momento, que aún no había llegado, pero exactamente como había de ocurrir, en que mataba su primer jabalí con la sola fuerza de las manos, y asistía a hechos que no habían ocurrido —y que él no sabía que no habían ocurrido—, en algunos de los cuales le resultaba extraño no encontrarse, ignoraba que porque ocurrían en un momento en el que él ya había cesado.

A medida que fue creciendo, el temor por que aquel hombre apareciese se fue transformando en temor por que no volviese. Empezó a dejar señales bien visibles de su presencia para que el hombre no perdiese la confianza en encontrarle. Fue entonces cuando, como anticipo de lo que se proponía hacer con él, comenzó también a dejar en los lugares por los que el hombre forzosamente tenía que pasar, para que se los encontrase, los cuerpos sin vida —y sin heridas, muertos por asfixia, entre sus manos—, de animales cada vez más grandes, en los que esperaba que quedase reflejado el crecimiento de su fuerza, como si grabase en ellos un mensaje. Pajarillos, víboras, conejos, jinetas...

Mientras aguardaba sin impaciencia que su cuerpo madurase para el acto por el que seguía vivo, se limitaba a mirar cómo cambiaba la lluvia cuando atravesaba las ramas de los árboles, cómo el viento movía la vegetación como si estuviese sumergida en un agua invisible y silenciosa; a oler el calor que en verano desprendía la montaña, como el aliento de un animal, a escuchar el zumbido de las moscas, el crepitar de las vainas de las escobas.

Una vez vio a un pastor moviendo una marra a favor de su término municipal. Los más fanáticos defensores de la veracidad de esta historia afirman que este detalle confirma su opinión, pues el que una de las marras de los pastos de montaña está movida es algo que se supo mucho tiempo después.

Un invierno, un día de mucha nieve, el hombre —ya se había encontrado, siguiendo con la progresión, corzos, zorros, gatos monteses, muertos, la mayoría de las veces colgando, con la cabeza sujeta en la horquilla de algún árbol— encontró entre la maleza las huellas del muchacho. Las siguió con todo su sigilo de cazador, trepando ladera arriba, y descubrió que acababan en lo alto de una peña, en una especie de plataforma desde la que comprobó horrorizado que se dominaba el camino que había recorrido hasta llegar a ella, lo que quería decir que durante todo el tiempo le debía de haber estado observando. En el punto en que acababan las huellas había un lobo estrangulado, depositado cuidadosamente sobre la nieve. Pero lo más extraño de todo era eso: que las huellas acababan, que no se veía dónde tenían su continuación.

La actitud del muchacho resulta un misterio. Sin hablar durante años, destruida su memoria, tal vez disuelta en el mundo, el empeño con que persistía en su obstinación tenía que interpretarse más bien como una fuerza ajena a él. Como si el propio mundo hubiese dispuesto, en el mismo rango que otras leyes naturales, como la de gravedad, otra de simetría, por la que todo suceso exige su réplica adecuada. Y se sirviese del muchacho como eje sobre el cual había de girar aquel lejano crimen hasta encontrar la reacción, de la cual se ignora en qué sentido es un reflejo exacto. Como si el motivo no estuviese en él, sino en la cosa.

En esta historia sale un oso, lo que permite acotarla cronológicamente. Los últimos osos fueron vistos en torno al año del cambio de siglo. Treinta y cinco años antes, Madoz había escrito que en La Carballa se producía poca miel por lo castigadas que tenían los osos las colmenas.

El hombre, desde que había encontrado aquellos animales muertos y colocados para que él los interpretase, había renunciado a llegar cada vez más lejos en el bosque y se había ido replegando poco a poco, atemorizado, hasta el punto de que ya apenas se internaba en él. En este comportamiento es muy posible que también tuviese que ver la edad, pues, desde que había empezado a acudir habrían transcurrido entre diez y quince años.

Una mañana del verano siguiente, en uno de los primeros árboles del bosque, a la sombra, el hombre encontró un oso gigantesco suspendido por el cuello de una rama alta (a pesar de lo cual las patas traseras rozaban con el suelo), levemente mecido por la brisa, con los ojos muy abiertos.

Esta historia la contó Pablo el de la Maragata, sin identificar a los protagonistas, y cuando acabó dijo que la conocía porque él era uno de ellos. Naturalmente, por la forma en que la había contado, todos esperaban que dijera que él había sido aquel niño. No es que se le creyese, pero causó cierta inquietud oírle decir que él era aquel hombrón, y que aunque sabía lo que le esperaba, al día siguiente volvería a acudir a la montaña. Y desde aquel día no se le volvió a ver. Casi todos pensaron que se fue a vivir a otro lugar y que, por la razón que sea, el día antes de irse, sabiendo que no le iban a volver a ver, había inventado todo aquello, y que una de las pruebas era que nadie recordaba que ni hacía diez, ni quince, ni más años, hubiese aparecido nadie muerto en el campo, y menos con la cabeza aplastada.

Para los que creyeron la historia (que durante un tiempo organizaron expediciones en busca de su cuerpo), la desaparición del de la Maragata dejó un mal sabor de boca, pues aunque espontáneamente el ánimo se pone de parte de quien quiere vengarse, la venganza tiene razón y sentido mientras no se cumple. Cuando se sabe cumplida, con razón o no, se revela brutal.

Noche de verano con tantas estrellas y tan nítidas que más que en el cielo parece que están en el fondo de un vaso.

## UNA CAJA DE SARDINAS

El sol del verano hace vibrar las piedras, cambia el agua de los pilones en estaño y pesa sobre los hombres como la losa que aplasta los lagartos en la leyenda.

A mediodía se separaron las cortinas de la entrada y se coló en la penumbra un escupitajo de fuego junto a una minúscula figura. «¡Señor Francisco!», sonó un grito infantil.

—¿Quién? —replicó una vieja voz yacente.
—Soy yo, Suso, señor Francisco.
—¡Ana María!
Nada.
—¡¡Ana!!
La voz, desacostumbrada al esfuerzo, suena destemplada. Un «¡Voy!» lejano. Se abrió la puerta del corral.
—¿Qué pasa?
—Mira a ver qué quiere ese rapaz.
—Hola, Suso.
—Me manda mi madre. Que dice si no tendrá una de esas cajas de latas de sardinas. Es que se murió mi hermano y dice el médico que hay que enterrarlo de seguida.
—¿Qué hermano? —La mujer se agachó.
—Leonardo. El pequeño.
—¿El que nació ayer?
—Sí.

—¿Y qué le pasó?
—Que se murió esta mañana.
—¿De qué?
El pequeño, un hombre prematuro, cerró los ojos y encogió los hombros a la vez.
—Vaya por Dios. —Se agachó y le cogió las manos, sucias—. ¿Y tu madre?
—Está en casa llorando.
La mujer le acarició, mirando a un lado.
—¿Y tu padre?
—Sigue en el monte. Él no sabe nada.
—¿Ya le habéis mandado aviso?
—Es que no hay quien pueda quedarse con las cabras para que él pueda venir.
—¡Ana! ¿Qué pasa? —Se oyó al fondo.
La mujer parecía ausente.
—¡Ana!
—¡Calla! —devolvió el grito—. Espera, luna.
Se levantó con esfuerzo y se alejó despacio, hurgándose en los bolsillos de la bata.

La poza, almacén de juncos infantiles, en la que las piedras se hunden como en un abismo sin fondo, que queda desmentido cuando alguna vaca se interna en ella y el agua, negra, no le llega más allá de media pata.

## UN RECUERDO

Una tarde aburrida de otoño Pedrico el de Natalia promovió una encuesta en la taberna de Olibor. A todos los viejos que pasaron por delante de la puerta les pidió lo mismo: «Escoge un recuerdo. Uno solo.» La tarde pasó a ser amable y sentimental, pero el repertorio era muy poco variado.

A última hora apareció Ferrero, el de Ti Josepín y Manuela la Espejera, y después de pensarlo unos minutos (muchos interpretaron su silencio como desinterés, como negativa a contestar) se puso a hablar no de alguna novia, ni de amigos, sino de un día de su infancia en que estuvo solo frente a un animal.

Una mañana, cuando él tendría siete u ocho años, acompañó a su padre, a Ti Mancio —el guarda del Jardín— y a los dos hijos de la Perejila, a Velilla, a cazar al jabalí. El que llevaba el mando era Ti Mancio, que por su oficio sabía por dónde podían encontrarlo. Tiraron por Aguas Blancas hasta donde se perdía el camino entre la maleza, un poco antes de la pared del fondo, y subieron por la ladera de la solana. «A partir de aquí lo vamos a encontrar», dijo Ti Mancio, y mandaron a los perros por delante. Al poco los ladridos, que se habían ido alejando, se detuvieron en un punto. «Ya han dado con él.» Ti Mancio señaló a cada uno dónde tenía que apostarse, separados, para cubrir un buen frente. «Tú vete donde suenan los ladridos —le dijo al niño—. Y cuando estés cerca, grita, que el jabalí tiene miedo de la voz del hombre. Tú no tengas miedo, que a ti no te va a atacar.» El rapaz se metió entre la vegetación, mucho más alta que él. Cuando estaba cerca de los perros, al separar unas escobas, vio en el centro de un claro a un jabalí enorme, viejo, con el pelo gris y unos colmillos retorcidos, sentado sobre las patas traseras. A su alrededor ladraban los perros, a los que no parecía prestar atención. Cuando alguno se le acercaba, movía la cabezota y lanzaba un gruñido. El niño quiso gritar, pero no pudo. Oyó a lo lejos a Ti Mancio: «¡Grita, chaval, grita!» Pero el chaval estaba aterrado. Tenía miedo de que el animal lo descubriese y se fuese por él. Pero tampoco podía dejar de mirarlo. «¡Grita, chaval!», se volvió a oír. Y cada vez más cerca: «¡Me cago en San Dios. Grita. Eh. Ah. Anda por él. Corre, corre. Cógelo!» El jabalí sólo oyó aquellos gritos cuando estuvieron muy cerca. Se incorporó sin prisa, se dio la vuelta y se alejó trotando, sin hacer caso a los perros, hasta perderse entre las urces. Entonces el rapaz se cayó de culo.

Setenta años después aún recordaba cómo le temblaban las carnes mientras se alejaba. Y sobre todo aquellos ojos, como agujeros por los que se asomaba una fuerza de otro mundo que el animal no sospechaba.

Tormentas del final del verano. Masas de agua pasadas por la criba. El estrépito de la lluvia golpeando contra el suelo, contra los tejados... Y los silenciosos regueros que resbalan en las ventanas, como si se estuviesen deshaciendo los cristales. Agua atormentada que implora, mediante señas, que la dejen pasar, como si no participase en la tormenta y quisiese refugiarse de ella. Y lo hace con insistencia, pero sin vigor; como si ya supiese que no la dejarán entrar.

## DOS DOCENAS DE HUEVOS

—¿Cuántos son dos docenas?
—Pues... dos docenas, hijo. Yo no sé contar de otra manera.
—Pero es que yo no sé contar así y a lo mejor Olibor me engaña. Yo sé los números hasta cincuenta, y ninguno es dos docenas. ¿Es más de cincuenta?
—No lo sé, hijo. Tráeme piedras. —La mujer se incorporó en el lecho.
—¿Cuántas?
—Llena ese cesto.

El niño cogió el cesto de mimbre y salió corriendo. Se les había muerto la única gallina que ponía, y le iban a vender uno de los pollos por dos docenas de huevos.

—¿Así? —El niño volvía con el cesto tan lleno que parecía que se le iba a caer de un momento a otro. Por el borde asomaban las piedras de arriba, algunas tan blancas y pulidas que ya parecían los huevos del trato. La madre durante un instante pensó que se había obrado un milagro. El niño volcó el cesto en el suelo.

—Ay, luna, no hacían falta tantas.

La mujer se sentó en el camastro, pero se le fue la cabeza.

—No te levantes. Tú dime y yo voy contando.
—Si es que no sé explicarte. Deja, que no es nada. Mira.

Cogió dos piedras con cada mano y las depositó en el cesto.

—Tres veces así es una docena.

El niño no perdía ojo. Los dedos de la madre, en doble tenaza, tardaban en hacerse con las piedras, irregulares, que a veces resbalaban y no se dejaban coger, más pesadas que huevos.

—Veintitrés. Ya sé cuántos son.

\*

La tarde declinaba. Por el oeste se habían ido congregando en un punto, como si obedeciesen a una llamada, nubes de tormenta. La taberna estaba en el camino de Gramedo. Era otoño y los campos estaban silenciosos. No parecía que hubiese nadie en la taberna.

—¡Olibor!

El hombre condujo al niño al corral por un pasillo sin luz en el que se adivinaban siluetas de cajas apiladas. Caminaba junto a él, con una mano afectuosa sobre su hombro, lo que hizo desconfiar al niño y ponerle en guardia. En el corral las gallinas picoteaban meticulosamente en el oscuro suelo. Entraron en la penumbra del gallinero. La pálida paja de los dos nidos parecía irradiar un débil resplandor. El hombre metió las manos en una cesta que colgaba de una viga. Sacó cuatro huevos, dos en cada mano, y con un gesto le indicó al niño que posase el cesto. El niño miraba con mucha atención los movimientos del hombre, que cogía los huevos como su madre había hecho con las piedras.

—Más despacio —exigió el niño, frunciendo el ceño.

El hombre sonrió y siguió la operación con lentitud exagerada y mucha ceremonia. El niño seguía el recorrido de las manos comprobando que en su viaje de vuelta no se llevaban nada.

—Bueno. —Se paró el hombre—. ¿Así está bien?
El niño tenía los ojos muy abiertos y evitaba mirar al hombre. Había contado veinticuatro.
—¿Está bien?
El niño afirmó con la cabeza. Abrazó el cesto, intentando ocultar el contenido con las manos, y echó a andar, temeroso de que el hombre al final se diese cuenta. Olibor lo siguió. Cuando cruzó la puerta de la calle, el niño aceleró el paso.
—Adiós —dijo Olibor.
—Adiós —contestó el niño sin volverse.
No se atrevió a mirar atrás hasta que se sintió muy lejos. Había ido atento por si oía las pisadas del hombre. Desde donde se paró no se veía la taberna. Sacó los huevos, uno a uno, los depositó en el suelo y volvió a contarlos. Veinticuatro. De repente le entró miedo de que se le fuesen a romper. Las nubes oscuras habían avanzado y se acercaban como arrastrando velos morados que llegaban hasta el suelo. La tarde se agotaba.
Desde que había empezado a andar, un pájaro, un burlapastor, no había dejado de precederle. Se posaba en mitad del camino y cuando se acercaba el niño, levantaba el vuelo y se posaba un poco más allá. Era como si le siguiese, pero por delante. Ya con las casas cerca, el niño se agachó, dejó el cesto en el suelo, cogió una piedra y se la tiró al pájaro. Estuvo a punto de darle. El pájaro abandonó el camino y se metió en una tierra recién arada. El niño estaba feliz y quería cazarlo. Puso el cesto a un lado del camino, y con sigilo bajó el declive que llevaba a la tierra arada. Cuando se quiso dar cuenta, había atravesado varias fincas y le había lanzado al pájaro cuatro piedras. Bajo sus pies se deshacía la tierra recién removida, de la que ascendía un olor limpio y viejo. El pájaro seguía delante, moviéndose nerviosamente, cambiando de posición con vuelos bajos y cortos, casi siempre dándole la espalda, ponién-

dose de perfil alguna vez como para mirarle. En un descanso de su persecución, entre el ruido de su respiración, oyó un rebaño. Un rebaño que avanzaba ocupando todo el camino. Dio media vuelta y corrió con desesperación. Empezaba a llover.

Noche de verano. En un barreño el niño aplasta estrellas.

## VIAJE A LA EDAD

La enorme campana de la chimenea ocupaba casi toda la cocina, a oscuras, con el humo detenido como si no tuviese salida. La vieja lloraba y alguna lágrima caía en la cazuela de barro, humeante, recién retirada de las brasas. Afuera, la luz gris de la mañana.

La niña dobló la esquina, corrió hasta la puerta, pegada a la pared, y se quedó mirando el suelo. Había llovido y el agua que seguía goteando de los aleros había descubierto una hilera de pequeños guijarros blancos, limpios. Las golondrinas se alineaban en los cables y parecían despedirse en silencio, con la mirada. Aún pernoctarían en sus nidos algunas noches más, como si no creyesen lo que estaba ocurriendo. El viento frío y húmedo soplaba desde todos los rincones y barría las espigas secas caídas, el polvo que había sobrevivido en los caminos, las entumecidas moscas, todos los vestigios del verano. La niña hizo cuenco con las manos y las puso bajo la gotera que escurría las gotas más gruesas. Y aunque la gota parecía caer siempre en el mismo punto, la niña no conseguía que cayese donde ponía las manos. Desistió y escupió adelantando la cabeza. Entró en la casa corriendo.

—Abuela, ¿ya se ha ido?
—Ponte las botitas, anda —su voz sonó cansada.
La niña se miró los pies.

—¿Qué quería?

—Nos vamos a Gramedo. Anda, come algo. —Le tendió un tenedor—. Come algo, que nos vamos. —Y salió de la cocina.

El piso era de pizarra, como el tejado, de donde volvía a llegar el golpeteo de la lluvia. Sólo había una alacena con unos pocos cacharros. Por todas partes había clavos, de los que no colgaba nada.

La niña pinchó una patata, la sopló, se la llevó a la boca y la escupió en la mano con un gesto de dolor. Cogió la cazuela con un trapo y salió al corral. En la cuadra se oían las pisadas nerviosas y húmedas del marrano. Al oír que quitaban la tranca de la pila, gruñó y asomó su morro blanco, resoplante.

—Quita.

Le golpeó con la cazuela para que se apartara y volcó el contenido, que cayó golpeando en la piedra.

\*

Una lagartija recorrió el corredor y se coló bajo la puerta del corral como una sombra. Inmediatamente la puerta se abrió y entró la vieja; tan inmediatamente, que parece que tiene que haberla pisado y que lleva los restos aplastados y sanguinolentos en la suela. Durante el instante que ha estado abierta la puerta se ha oído el zumbido de las moscas y ha entrado la luz del mediodía, verde, amortiguada por una parra, o una enredadera. Fue a abrir la puerta de la calle.

—Quién —grita antes de llegar.

Se oyó una voz que reconoció, aunque no entendió lo que dijo.

Abre y entra un hombre, y con él un pedazo de verano, azul, fuego y moscas.

El hombre entró hasta la cocina. Su silencio alarmó a la vieja, que lo miraba fijamente.

—¿Tienes otra? A la suya se le ha caído un cuerno y no la puede uncir. Esta mañana se ha puesto ella en el yugo.

—Sabes que no puedo, que ni siquiera he empezado a acarrear. Dale más tiempo, por favor. Tú no sabes de lo que es capaz.

El hombre cabeceó como si comprendiera.

—Natural. Tiene cuatro hijos. Cinco con la que tú le crías.

—No me refiero a eso. Te devolverá el grano. Cuando yo acabe, la voy a ir a ayudar. Pero no la atosigues, por favor.

\*

La vieja, envuelta en una toquilla negra, caminaba arrastrando una pierna, como una golondrina enferma y monstruosa. La niña corría saltando sobre los charcos.

—Trae, Bea. —La vieja sacó una mano, y la niña, sumisa, le dio la suya.

Había vuelto a dejar de llover, y de los campos surgía un aire limpio y nuevo. Las hierbas secas volvían a combarse, tiernas y flexibles, como si se les concediese una última oportunidad de abandonar su rigidez para volver a la vida antes de morir definitivamente.

—Abuela, cuéntame otra vez lo de la aurora.

—Eso ya fue hace mucho tiempo, tesoro.

—¿Era como una manta?

—Como una manta en llamas de todos los colores. Hasta se la oía arder.

—¿Y sólo la viste tú?

—Como yo la recuerdo, sólo la vi yo. Tu abuelo me despertó para que la viera, y yo no sabía que estaba viendo algo que nunca iba a volver a ver. Nunca sabes eso.

—¿El qué?

Los altos brezales de las montañas, a lo lejos, habían recuperado su verde íntimo e intenso, su color de organismos inmortales. Antes de llegar al valle surgió un viento de la nada, dispuesto a restaurar el invierno. Los árboles, alborotados, afinaban sus silbidos y ensayaban su aullar nocturno para espantar a nadie en los desiertos caminos. Las hierbas, amarillas y mojadas, se resistían a acostarse. Las nubes, casi negras, corrían bajas y dejaban caer bolsas de gotas menudas. Los carrascos se agitaban como si de entre ellos fuese a surgir un animal.

—Abuela, ya no hay saltones.

—Se habrán ido.

—¿Se han muerto?

—No, mi vida. Se van con el calor, para hacerle compañía.

—¿Y dónde va el calor?

—Detrás de las montañas.

—¿Y por qué se va? ¿No le...?

—Todo se va, Bea. Todo.

La vieja lloraba sin hacer ruido. Tiró de la toquilla para subírsela hasta los ojos.

—¿Y las culebras? Ahora no pueden dibujar en el camino.

A veces atravesaban tramos de barro, que se les pegaba a las suelas, y les costaba levantar los pies y parecían más altas.

Muchas hojas estaban casi transparentes, reducidas a una trama de hilos, como si se hubiesen ido destejiendo. Algunas se desprendían como por propia voluntad; resistían los zarandeos del temporal, y cuando había una calma aprovechaban para dejarse caer dulcemente, como dueñas de sus vidas, sin aspavientos. Se pudrirían a escondidas como si nunca hubiesen sido.

La niña a veces intentaba pararse para coger alguna

hierba, pero enseguida sentía el tirón de la mano de su abuela.

Desde Las Grandicas ya se veía el pueblo. La vieja sorbió mocos y dejó escapar un gemido involuntario.

—¿Te acuerdas, abuela, cuando se cayó aquí el burro, en este hoyo? ¿Te acuerdas cómo llorabas?

Ya se veían las primeras casas. A la puerta de una de ellas había un grupo de gente.

—«Ahora no se va a levantar y se va a hacer de noche y se lo va a comer el lobo» —la niña imitó la voz de la abuela—. Di, abuela. ¿Te acuerdas? Di.

Del grupo de gente se separó una mujer que las había estado mirando, y se echó a andar por el camino, hacia ellas.

—¿Te acuerdas? ¿Eh? Di.

La niña miraba a la cara de la vieja y sólo veía sus ojos, que miraban, brillantes, la figura que venía hacia ellas.

—Di, abuela. ¿Te acuerdas? —También ella miró a la mujer que se acercaba—. ¿Qué ha pasado, abuela?

La mujer caminaba sin prisa, mirando hacia un lado, a los campos recién llovidos, olorosos otra vez, indiferentes a la emoción de quienes los miraban.

La niña rompió a llorar. Antes de que llegase la mujer —las casas del pueblo se veían cada vez más grandes— empezó a llover de nuevo.

A Ti Julio Lobo le alcanzó un rayo cerca del río, bajo un chopo, y no lo mató. Pero naturalmente, lo transformó. La consecuencia más llamativa fue que se hizo visible por la noche y que dio en decir que se había metido a pastor de árboles.

Al último guardamontes otro le golpeó mientras trataba de meterse bajo un puente sin bajarse del caballo. La chispa lo desnudó —los calzoncillos se expusieron durante mucho tiempo en la ermita— y lo lanzó vivo a más de quince metros de distancia; las cenizas del caballo se pudieron guardar en una taza.

A Rosenda otro la mató en la era, entre dos cuñados, como si la buscase. Y a Ti Lorenzo Mañanicas, que dormía, otro que atravesó la pared lo cortó a la mitad junto con la cama, derritió el metal de una escopeta que guardaba en un arcón y siguió a casa de una vecina, como si se hubiese equivocado, abriendo a su paso un surco por el suelo.

## UNA HISTORIA MUY CORTA

Nadie sabía por qué le llamaban el Ratón. Lo cierto es que nadie le llamaba por su verdadero nombre, porque nadie —ni siquiera él mismo— recordaba ya que se llamaba Miguel.

Era una tarde de otoño. Ya llevaba borracho dieciocho años ininterrumpidos. Él no lo recordaba, pero todo había empezado por uno de esos malentendidos que el tiempo acaba transformando en desengaños amorosos. Pero ya se ha dicho que eso había sido hacía casi veinte años.

Vivía con su madre, una viejuca que ya se había olvidado de sufrir por él. Estaba cojo desde que una noche, al entrar a casa a rastras, se había empeñado en cerrar la puerta cuando aún tenía los pies fuera y se había machacado un tobillo. Y tenía la cara deformada, porque otra noche le había roto el cuello a una botella para abrirla y, desde las brumas de la borrachera, no había advertido los atroces cortes que se hacía cada vez que se la llevaba a la boca. Al cicatrizar, las heridas le habían ido dibujando un gesto más acorde con la nueva vida que llevaba. Su interior cristalizaba, se expresaba en esa nueva mueca.

Llegamos al nudo de esta historia, por el que hay que pasar sin énfasis para no estropearla, si es posible.

Después de dieciocho años, una tarde, salió de la

borrachera, así, sin más, como se sale de un bosque, de repente. Una tarde fría, con nubes que pasaban cargadas de lluvia. Una tarde de otoño. Los enormes chopos ya estaban pelados. El viento zumbaba a su través. Algún pájaro cantaba. Una tarde triste y limpia. Todo eso se va filtrando en su interior. De repente estaba no sobrio, sino lúcido. Como en medio de una revelación. Por la noche va a comprar vino para la cena. Nadie sabe que ya no es un borracho. No ha necesitado pasar por un período de hostilidad, de lucha con el vino. Esa noche, en la que el viento insiste en explicar su sentido y sigue mostrando su memoria, vuelve con la inofensiva botella en la mano, atento al sonido de sus pisadas, que a veces atraviesan un charco, y cena con su madre, cansada, que lo ha recibido como si en vez de dieciocho años hubiese pasado una tarde. Y después de cenar sale a la puerta a mirar el aire. «¡Tomás!», grita alguien que se aleja.

Caminos que cruzan el campo, entre sembrados, entre bosques o praderas, que aparecen y desaparecen a lo lejos. Parece que su trazado es ajeno a la voluntad del hombre, que ellos mismos han buscado su forma, o que, como el relieve, son obra de los elementos. Estos caminos atraviesan lugares que evocan recuerdos de personas que nadie ha conocido, de experiencias que no se han vivido nunca. Recuerdos objetivos, con existencia autónoma. Caminos que ofrecen paisajes que sólo exaltan desde lejos, como el futuro. Caminos que son una revelación cuando se ha pasado habitualmente por ellos sin ver nada y un día, después de haberlos recordado, después de haberlos pensado mucho, se recuperan. Incluso esa vieja carretera, trazada arbitraria e interesadamente, el tiempo la ha acabado transformando en un camino, en algo hecho a sí mismo. Y los trechos muertos, abandonados, del trazado anterior son vistos como errores.

## DOS MONJAS Y DOS CURAS

Hasta donde alcanzan la memoria y los papeles, la aportación en material humano de La Carballa al clero ha sido más bien escasa. Seguramente habrá una explicación razonable que relacione esto con el sistema de reparto de herencias. Tal vez.

Casi todos son casos anómalos. Del pasado, en el archivo tan sólo ha quedado constancia de dos de ellos. Uno, de finales del siglo XVIII, del que conocemos hechos muy escuetos. Una joven —casi una niña: doce años—, Catarina, deja La Carballa para entrar en un convento de la provincia. Apenas tres años después —con una diferencia de cinco días—, entran el padre y la madre en otros dos, cercanos. (En el inventario de bienes que donan a sus respectivas comunidades al entrar, resaltan, entre la loza y los tejidos, dos marranos de catorce arrobas.) La madre muere un año después y no la entierran en sagrado. El padre muere diez años más tarde.

Una mano anónima guardó cuatro sonetos de Catarina, todos en endecasílabos averiados, como éste: «La Gloria que poseo con sólo verte.» Son versos de amor a la sepultura, de rechazo del mundo, aunque tan vagos que se pueden leer de muchos e indiferentes modos.

Lo más asombroso, o enigmático, es que pocos días

después de enterrar al padre, Catarina abandona el convento.

El otro caso es de un cura al que hacia la mitad del siglo pasado se abrió expediente por herejía, una copia del cual se remitió al ayuntamiento de La Carballa, «su aldea natal» —se lee—, no se sabe para qué. En el escrito todo el tiempo se le llama Jaime Lobato, apeado del Don. (Con un apellido tan corriente en estas tierras, poco se puede escarbar en su genealogía.) Los documentos del proceso son un tanto farragosos. Hay que desbrozar mucho para sacar algo en limpio. Tenía veinticuatro años, estaba recién ordenado y desarrollaba su ministerio en su primer destino, otra aldea levantada en mitad de la miseria. Un día lee unos sermones (en realidad, no hay nada extraordinario en que lea, pero es inevitable ver detrás de él a todos sus antepasados, campesinos todos ellos, que le miran abrir y leer voluntariamente un libro, y, sí, hay algo extraordinario) y tropieza con las palabras que van a desencadenarlo todo: «... lo Eterno, que en un pesebre nació y en la Cruz murió para que venzamos la muerte». Y las encuentra de un egoísmo tan grosero que decide que tiene que hacer algo para repararlo. Y, sin saberlo, empieza a internarse en reflexiones que le van a conducir a la herejía. «Creen por miedo a desaparecer, no por amor», anota en el margen del libro. Entonces, por humildad, por desapego de sí mismo, y por amor a Dios, empieza a descreer de su propia inmortalidad. No le hace falta para creer en él, para cantar su gloria. Y poco a poco, de mano de la lógica, sigue avanzando: no murió para salvarme a mí, miserable; mi vida es insignificante; moriré conmigo; no tengo alma; sólo Él la tiene y vive y seguirá viviendo eternamente; es infinitamente bueno, pero no le importo; no sabe de mí... Y extiende su caso particular a la humanidad entera. Desemboca en una teología que él juzga más justa (y en todo caso inofensiva), sin advertir que despojando a Dios, paso a paso, aunque él lo niegue, de sus atributos (sabiduría, bondad...) y apropiándoselos él, que parece el infinitamente bueno y sabio, que está invirtiendo los papeles. Se hace una especie de ateo por amor a Dios. Encuentra sus ideas tan de sentido común que en el juicio se niega a retractarse. Tiene la ventaja de que tampoco cree en su condenación eterna. Acepta mansamente la reclusión y en ella muere mansamente —es atroz— cuarenta y cinco años después.

Los otros dos únicos casos son de los últimos ochenta años y no hay que ayudarse de papeles para saber de ellos. Aún están en el recuerdo.

El primero es un cura, un tipo oscuro y serio, hijo de uno de los hombres más brillantes y más bromistas de la región. Es muy difícil añadir algo de interés. Es una historia sin historia.

El segundo hay más gente que sabe que lo recuerda (pues al anterior le pasa eso; no es que no se recuerde; es que no se sabe que se recuerda). Es el de una mujer llamada Ludivina que desde niña se hizo célebre porque encontraba las cosas que se perdían, soñando dónde estaban. Su fama es anterior a su ingreso en el convento. Alguna vez, especialmente en los primeros días de su adolescencia, había tenido sueños que le anunciaban lo que iba a ocurrir y sueños que le explicaban lo que había ocurrido, sueños que proyectaban su luz hacia el futuro o hacia el pasado. Pero esas experiencias fueron pasajeras. La especialidad verdaderamente recurrente de sus sueños era el presente. Dormida veía dónde estaban los objetos que se habían extraviado. A veces era tal la desesperación con que se buscaba algo que en pleno día tenía que meterse en la cama para buscar. Como cuando se perdió la niña de la Rubia, que apareció en el campo, dormida en el surco que anunció Ludivina al despertar, rodeada por una multitud expectante.

Pero no sólo veía lo que se buscaba. Una vez soñó que en el corral de don Santiago, el hijo de don Maximiano, debajo de una piedra muy concreta, había una víbora, enroscada de tal forma, y naturalmente era verdad.

Lo más interesante de su historia ocurrió cuando murió su madre, con la que tenía una de esas raras relaciones íntimas y armoniosas, felices, en las que hay poca comunicación; o mejor en las que la comunicación no se establece con palabras; que incluso las evita, como si fuesen un estorbo; en las que se habla no para conocerse mejor, pues sienten que se conocen desde siempre, sino para estar juntos, para tocarse. Su madre murió comida de dolores, pero sin quejarse, en silencio, lo que transmitió una extraña serenidad a la hija, que siempre había creído que no iba a poder sobrevivir a la muerte de su madre. Con una seguridad que a ella misma sorprendía, Ludivina se puso a esperar que se le apareciese en sueños, para saber dónde estaba. Y aunque tardó en hacerlo, no se desesperó, tan confiada estaba en que acabaría por acudir. A los quince días de su muerte soñó que venía a verla. Vestía como un hombre y a través de un roto en la culera del pantalón —prenda que jamás llevó en vida— se veía que no llevaba nada debajo. Pero lo más extraordinario, lo más cómico cuando se despertó, era que montaba en moto, una moto aparatosa que tuvo la delicadeza de no arrancar en todo el tiempo que duró el sueño. En el último momento le habló de un viaje. Cuando despertó no entendía nada, pero se reía mucho.

Diez días después, volvió a soñar con ella. Estaba tendiendo ropa en un patio luminoso, al otro lado de una calle estrecha. Se la veía más joven, contenta y llena de salud. Volvía a vestir como siempre. Esta vez no hablaban. No reconoció nada. Pensó que había perdido su mano con los sueños, pero no le importó.

Después estuvo tanto tiempo sin soñar con ella, que llegó a preguntarse si le habría pasado algo.

Y de repente una noche tuvo este sueño: Se veía a sí misma viajando por la noche en un tren larguísimo lleno de gente. Todos huían de sus casas. Era un viaje para no volver. Atravesaban una llanura inmensa, solitaria, iluminada por la luna. Después cruzaban un río y comenzaban a ascender una montaña. La luna se ocultaba y subían y subían y llegaba un momento en que se daba cuenta de que no había suelo bajo las ruedas del tren, que ahora corría por el espacio. Veía las estrellas por la ventanilla, unas más lejos que otras, cómo iban quedando atrás. Veía planetas enormes, apagados, silenciosos, flotando en el espacio. Veía cometas que pasaban tan cerca que durante unos instantes iluminaban el compartimento. Cerraba los ojos para dormirse y sentía cómo el tren iba perdiendo velocidad. Cuando los abría, se encontraba en una estación, en la que finalmente se detenían. Había gente en el andén que los miraba con hostilidad. Todos los viajeros bajaban a la vez, invadiéndolo todo. Echaba a andar y al poco rato veía a su padre, muerto hacía tanto tiempo, barriendo una calle. Más adelante vio a Ti Daniel, el carpintero, que llevaba un niño y un perro, uno de cada mano. Los que habían llegado con ella se metían en las tiendas y apañaban comida. Los dueños corrían tras ellos. Otros se metían en casas y desalojaban a quienes vivían en ellas, que, claro, oponían resistencia. Después aparecían soldados y los perseguían. Ella echaba a correr y para ocultarse se metía en una calleja que daba a un patio, que le resultaba familiar. Los soldados se acercaban y ella llamaba a una puerta. Abría un niño, lo apartaba y se metía dentro. Entonces aparecía una mujer, con otro niño en brazos, y la devolvía a la calle a empujones. La mujer se la quedaba mirando unos instantes. Y de repente Ludivina reconocía aquellos ojos y se daba cuenta de que también ellos la reconocían, y advertía la tristeza que reflejaban mientras la mujer la empujaba, con firmeza.

Cuando despertó por la mañana, ese mismo día, marchó a la capital, a ingresar en un convento.

Tormenta nocturna. Relámpagos que no iluminan la oscuridad de la noche, sino que la hacen visible. Cuando acaba la lluvia, se rompe en miles de fragmentos, uno bajo cada árbol. En algún sitio se oye un reguero.

## LAS CAMPANAS

Entre que no había muchas brasas y que los niños no paraban de jugar a enterrar en ellas objetos salidos de su fantasía, el agua del puchero no había llegado a hervir en toda la tarde.

El pequeño acercó al fuego un palo y la Andaluza le arrojó juntos una blasfemia y el mango de un cuchillo que guardaba para mandarlo arreglar algún día. Pero al rapaz sólo le hizo daño el mango del cuchillo.

Se oía el viento, un viento furioso que recorría la calle buscando donde protegerse de sí mismo. Al intentar meterse por las ranuras hacía unos ruidos amenazadores. A veces se colaba un girón de un remolino que se quedaba quieto, con una mansedumbre falsa, esperando ayuda.

No era andaluza. El apodo lo había heredado de su marido, que tampoco era andaluz. A él se lo había legado su primera mujer, Ana la Andaluza, andaluza auténtica. Ahora era ella, la que menos tenía que ver con el apodo, quien lo llevaba. Lo único que le había dejado el marido al morir eran tres niños (a uno de ellos, el mayor, un año de mala cosecha, siendo bebé, lo había dejado desnutrido y medio alcoholizado porque lo mantuvieron a vino quina, sinceramente convencidos de su poder alimenticio) y el apodo.

La tarde se enturbiaba. La noche se disolvía en el aire. Por las ventanas ya apenas entraba claridad. Se vieron pasar corriendo unas sombras. Sus pasos se oyeron nítidos.

—A ver: ¿quién va a casa de Ana María por un cuartillo de aceite? Le decís que lo apunte, como siempre. Tú no, que ya has ido esta mañana. Vete tú ahora, a ver si te regala unas galletas, como a tu hermano. Me cago en tu alma. ¿Me estás escuchando?

Los dos hermanos salieron corriendo. A la hermana le dio tiempo a la madre de agarrarla.

—¡Julio, tú no...! —gritó inútilmente—. La puta que te parió... Deja que te pille.

Volvieron enseguida. El comercio de Ana María estaba cerca, pero no para volver tan pronto.

—¿Qué pasa?

—Había mucha gente y no se podía entrar —dijo el mayor.

—Mamá, ha pasado algo. —Se le acercó el más pequeño y habló bajando la voz, como si contase un secreto. Se le veía impresionado.

—Y tú por qué has ido. —Le atizó en la cabeza.

—Ahora iba el médico —dijo el otro, retrocediendo.

—¿Don Raúl? ¿A qué?

El rapaz hizo un gesto de ignorancia.

—Iba corriendo.

La Andaluza quedó pensativa. Se asomó por el ventanuco, pero no consiguió ver nada. Se quedó quieta mirando para el suelo. Se limpió las manos en la falda, se arrodilló en un rincón y juntó las manos, entrelazando los dedos. Parecía reflexionar. Los niños volvieron a sus peleas y a sus juegos. Apenas se la oía cuando empezó a murmurar, entrecortadamente, como si no supiese qué decir.

—Virgencica, anda, hazlo tú, que él no me escucha... Te ofrezco una vela... Ya verás cómo a partir de hoy...

Y como no se le ocurría ningún otro pecado que pudiese cometer, hizo promesa de no volver a jurar.

Muy poco después doblaban las campanas.

La Andaluza, sin saber qué hacer, se sentó a mirar el fuego. Se oía el rumor de gente que pasaba. Por fin se embozó con la toquilla y salió a la calle. Completamente ausente, ni amenazó a los críos para que no hicieran trastadas.

Había mucha gente en la casa. Tanta que aunque la puerta de la calle estaba abierta no se notaba el frío. Vio luz en el comercio y avanzó hasta situarse cerca de la entrada. Con disimulo, mientras escuchaba frases o palabras sueltas de aquí y de allá, se asomó varias veces para ver qué pasaba dentro. Tres hombres, impecablemente vestidos, contaban señalando con el dedo y anotaban. Cuatro campesinos —Sindo, Salvador, Ti Manuel Pajareiro y Atilano—, apoyados en la pared de enfrente, miraban con descaro al interior y murmuraban con gesto de desprecio. «¿Quién los avisaría?», susurraba una mujer. «Vinieron luego, deseguida», contestaba otra. «Por eso. Si es que no han tenido tiempo...» «Creo que tenía muchas deudas. Tendrán miedo de que...» «¿... y ya la han avisado?» «Creo que la iban a llamar ahora...»

Llegaron unos gritos del piso de arriba y todos callaron. Hasta los hombres bien vestidos pararon su recuento. Muchos se irguieron, estremecidos. Las mujeres agacharon la cabeza. «¡Ana María! ¡Por qué me has dejado!» Era una voz recia, que no quería ser dramática, ni conmovedora. Una voz torpe que sólo gritaba. Tenía algún matiz que permitía saber que era de alguien yacente. «¡Señor! ¡Resucítala!»

La Andaluza rompió a llorar en silencio. Habían cesado todos los ruidos. Hasta parecía contenerse la respiración. Fue acercándose a la puerta de la calle. En el momento de salir, entraban dos comadres —Ti María la

Raneira y una hija de Manuela—. La Andaluza explicó avergonzada que no podía quedarse a velar. «Los niños…» Las dos mujeres la empujaron suavemente para que se fuera. «Pobrecilla —comentaron cuando se alejaba—. Tiene una boca que da miedo oírla. Pero es una cuitada.»

De regreso en casa, permaneció extrañamente concentrada, hablando sola entre susurros. Extrañamente, no para los niños, que apenas repararon en ella.

No hubo cena. No era la primera vez y los niños no la reclamaron. Se comportaron como mecanismos y se fueron apagando sin protestas.

Poco antes de dormirse, con la casa ya en silencio, la Andaluza carraspeó con el fin de aparejar la voz para rezar. «Y ahora que sé que me has escuchado, Virgencica —dijo con voz sumisa y limpia—, mátalo también a él.» Calló un rato y añadió: «Recuerda mi promesa.»

Para ella el sueño fue intranquilo, con muchas interrupciones. Al principio de la noche soñó con un reloj (en su casa nunca hubo) «al que se le había salido el tiempo», en expresión que oía en el sueño y que ni entendía ni la llegaba a intrigar.

En las pausas del sueño, oía el viento que corría por la calle, como un espíritu que buscase su cuerpo. Y en las pausas del viento siempre se oían pasos.

Hacia el final de la noche soñó que la iglesia se quemaba y se derrumbaba. Entre los cascotes ennegrecidos sobresalían las vigas del tejado, humeantes. Veía las campanas, caídas pero intactas.

Con las primeras claridades, poco antes de asomar el sol, en un momento de profundo silencio, escuchó nítidamente, a pesar de la distancia: «¡Ana María, espérame! ¡Señor, llévame ya con ella!»

La Andaluza se tapó los oídos. Sintió el frío que debía de hacer fuera. Imaginó los hierros de los balcones, cayéndoles la baba.

La cama de los niños —dormían todos juntos— empezó a bullir. De repente, por debajo de la manta asomó el mayor y cayó al suelo de cabeza, sin duda impulsado por alguna mano. Se oyeron risas sofocadas. Se asustó más ella que el niño, que trepó de nuevo y desapareció bajo la ropa de la cama, como un ratón.

—La puta que os parió. Cago en la leche que ha mamado Cristo, os voy a dar una que os vais a enterar.

El tono amenazante tuvo durante unos momentos efectos paralizadores sobre la rapaciada.

La Andaluza ya no pudo permanecer más tiempo en la cama. Se levantó y se asomó a la puerta de la calle. El sol brillaba limpio y el viento se había detenido. Era una mañana lúcida de invierno. Un poco más tarde las campanas empezaron a tocar otra vez a muerto.

¿Cuál es el objeto más pequeño a partir del cual aún es posible reconstruir toda la cultura material de un pueblo? ¿Y su equivalente en lo espiritual?

En lo material sería la palombilla, ese palo diminuto que cruza en su extremo la bracera y permite atar el carro al yugo. Ella nos conduciría al animal doméstico, a la rueda, al transporte de material pesado —piedra, pizarra: a la vivienda—, al acarreo de grano, de hierba, a las herramientas con que se cosecha…

En lo inmaterial sería, es posible, una palabra. Tal vez, *oscuramente*.

## FRÍO

Volvió a sonar la puerta. Era la cuarta vez durante la mañana que entraba de la calle, se iba a la cocina y extendía las manos hacia el fuego hasta que las podía volver a mover.

—¿Pero qué trajín te traes? —preguntó sin mirarla la abuela, que permanecía inmóvil en la oscuridad, atenta sólo a los movimientos de las llamas. Así estaban durante unos diez minutos. Después la niña volvía a marcharse.

Desde que amaneció había estado nevando durante cerca de una hora sin que tocara un solo copo el suelo. Copos enormes, verdaderos salivazos, que volaban como mariposas, flotando en movimientos más horizontales que verticales, olvidados de caer. Desde la ventana Bea los había visto ir y venir, como borrachos.

Después cayó una nevada meticulosa que dejó todo cubierto como con una misma sábana. Resultaba difícil entender que aquella perfección se había hecho pieza a pieza. Y más tarde se levantó un viento tan violento que los copos volaban paralelos al suelo sin llegar a tocarlo. Una nevada que había que mirar con la cabeza ladeada.

Noviembre siempre era un poco loco. Después llegaría diciembre y aparecerían las primeras nieblas, que a veces duraban semanas. En diciembre todo era predecible. Hacia la última semana llegaban unas nubes tan bajas que si se dejaba la ventana abierta se colaban en casa y había que abrir otra por el otro lado para que saliesen.

Noviembre siempre tenía un comportamiento inesperado. Había arrancado con tres días de sol exaltado y aire tibio, una primavera en miniatura, y el cuarto amanecía nevando.

Desde la muerte de su hija, la abuela se pasaba todo el día en la cocina, reducida a mirar el fuego.

*

Ignoran que están practicando lo que otros llaman meditación. Sin pretenderlo, recorren geografías del espíritu —como quien atraviesa regiones desconocidas— y se limitan a mirar sin entender. Sin curiosidad y sin temor. Como si mirasen por una ventanilla; descubriendo y olvidando, descubriendo y olvidando…

*

De un año para otro la niña ya no recordaba el misterio de la nieve. Salió temprano a andar sobre ella. Y tuvo que alejarse muy poco de las casas para ver las primeras huellas de animales. Bordes nítidos, formas perfectas. Como si el animal estuviese presente pero fuese invisible. Después de amontonar nieve durante unos minutos, le dolían las manos, lo que le hizo reflexionar. Comprobar que apenas las podía mover la puso triste.

*

Transformar en algo valioso cualquier objeto material no masticable es una operación espiritual.

Hay pocas cosas más espirituales que el dinero. El Regente, en tiempos, cobraba por una misma botica mucho a los ricos y a los pobres poco, y a los pobres casi nunca les curaba. No son razones psicológicas, sino espirituales.

*

Cuando regresó a casa, otra vez volvía a nevar. La abuela ya estaba en la cocina mirando el fuego. Se sentó junto a ella y la abuela le rodeó los hombros con el brazo y la apretó contra sí. Las dos miraron el fuego.

*

No hay más que presente. Aquí, ahora. El futuro y el pasado no son más que unas de tantas fiestas que están ocurriendo en estos momentos y a las que no estás siendo invitado. Ahí, ahora. Exactamente lo que es nuestra fiesta desde ellos.

*

Primero había llevado los troncos gordos, uno en cada viaje. Seguía nevando. Cuando llegaba con cada uno, sacudía la nieve que se les había acumulado a los otros en la espera. Descansaba del excesivo peso para sus pequeños brazos mirando al cielo y respirando hondo. El ejercicio físico mantenía el frío a raya. Era consciente de que hacía frío, pero no lo sentía, lo que le daba una extraña sensación de poder, la ebriedad de que podía hacer cuanto quisiese. Y como todo estaba estrechamente comunicado, todo participaba de esa euforia.

*

Lo que llamamos pasado y futuro, eso es presente. Presente, pasado y futuro, son simultáneos. Igual que las cosas son simultáneas en el espacio, y por ejemplo en un paisaje podemos ver un árbol y el que hay detrás y el que hay delante, así, en lo que llamamos tiempo, las cosas que están antes y después que otra (el niño, el viejo, el joven) están presentes a la vez. Nada desaparece. Todas las cosas, inmutables, siguen ahí, aunque no podamos acceder a ellas. La conciencia es la prohibición de dar esos saltos. Se desliza por ese complejo entramado, como la cuenta por el hilo del collar, sin poder salirse. El universo está quieto. Es ella la que se mueve a su través. Un sótano a oscuras, lleno de cosas, que una débil luz va iluminando de una en una y en ninguna puede detenerse.

*

A la vuelta, sin carga, sentía otra vez el frío. Por eso se quedaba un rato junto a la lumbre, en la cocina. En cada uno de estos descansos la abuela la abrazaba de la misma forma. «Abuela, está nevando —le decía Bea—. Toda La Carballa está cubierta de nieve. No hay nadie en la calle y de todas las chimeneas sale humo. ¿No quieres salir hoy un poco?»

*

Una parte de nosotros no ha nacido. La que ocupa más dimensiones. La que es tan grande que no se puede mover. La que nos sostiene cuando nos caemos. De nosotros tan sólo muere lo que nació. Pero esa masa enorme de la que sobresalió lo que se pudrirá permanece inalterada. Masa no común, no compartida, estrictamente individual, aunque por extraño que parezca si se juntasen todas no cabrían ni remotamente en el universo, y que no es más que la punta que se echa en el cocido.

*

Lo último fueron los palos menudos y un manao de escobas secas, que es lo que mejor arde. Lo llevó en dos veces, junto con algún papel. De los aleros caían gotas enormes, fuerzas invisibles, impersonales, que se materializaban cuando se estrellaban contra el suelo, o contra ella.

*

En cada momento, la atención está puesta en una sola cosa, pero junto con la cosa a la que se está atento llegan sonidos, olores, colores, formas... un todo mezclado al que ignoramos que también estamos atentos. De hecho el tiempo se encarga de enseñarnos que muchas veces era a eso a lo que estábamos atentos. En cada momento ignoramos cuál es nuestro ser central, auténtico. Igual que la luz de las galaxias tarda años en llegarnos, la luz de quienes de verdad somos ahora aún no ha llegado hasta nosotros. Somos nuestras propias galaxias.

*

Apartó la nieve del montículo y extendió un primer lecho de papeles, todo a lo largo de él. Después puso encima las escobas, las cañas menudas y por último los palos más grandes. Bastó una cerilla en un extremo para que el fuego alcanzara a toda la leña.

Seguía nevando en silencio. Las flores, las castañas, depositadas tres días atrás en los montículos, ya eran suaves ondulaciones de la nieve. En uno de esos montículos, uno de los más prominentes, había una jaula, que, con la nieve posada sobre los barrotes, parecía hecha de hielo. En el piso, el leve bulto del pajarillo, muerto. Sólo sobrevivió dos noches.

    Mientras mira las llamas, casi distraídamente, Bea endereza la cruz de la cabecera, ladeada tal vez por el viento que ha soplado durante la noche.

Estas hojas, que se pudren en silencio, ocultan un camino.

## QUÉ LÁSTIMA

La Andaluza siempre creyó que su último hijo era de un hombre con el que soñó una noche, en un sueño tan físico que en la comparación las intimidades con su hombre quedaban muy menguadas. Y desde que su marido se fue, dejándola embarazada, ella estuvo preparando la manera de decírselo cuando volviera.

Pero no volvió. Ti Manuel el Andaluz, que cuando se casó con ella estaba viudo, ya llevaba tiempo dando vueltas a la idea de ir a Cuba, que tenía idealizada, más que por lo que contara su padre, siendo niño, por lo que se había adherido a los recuerdos de la época —más feliz, por lejana e infantil, que realmente próspera— en que su padre, recién regresado de la isla, contaba sus andanzas. Al final se decidió porque alguien se le quiso adelantar, y no porque en aquel momento su situación fuese la peor, pues aquel año la cosecha había sido, con diferencia, la mejor en mucho tiempo. Cuando Antoñico el Alguacil le dijo que se iba a Cuba, el Andaluz (que ignoraba que tan sólo era una rabieta tras una discusión casera) se sintió usurpado y tuvo la habilidad suficiente para hacerle creer al otro que él ya estaba a punto de hacerlo y que le iba a permitir acompañarle, y para hacerle sentir que la idea jamás se le había ocurrido a él (al Alguacil) y que le estaba convenciendo para hacerlo.

Antoñico el Alguacil en realidad no era alguacil. Así se le conocía porque era hijo de Tomás, el alguacil. Muchos lo llamaban Grajo, porque siempre vestía de negro. No su mujer, Ti María la Rastrona, que lo trataba de cornudo, sin motivo, por puro rencor y menosprecio hacia los hombres, a los que desdeñaba por igual.

Así que en apenas quince días dos hombres que no tenían pensado viajar a parte alguna, empujados el uno por el otro —sin saberlo—, no por propio impulso, embarcaban en Vigo rumbo a Cuba.

El día antes de la partida, cuando asistían a la carga de provisiones y mercancías en el puerto, al saber que los enormes cantos rodados que subían a bordo servían para lastrar los cadáveres de quienes morían en alta mar, Grajo le hizo jurar al Andaluz que si se moría durante la travesía no iba a permitir que lo arrojaran al agua.

Pero durante la travesía quien murió —de un mal indeterminado y, por lo que se vio, no contagioso— fue el Andaluz. Grajo, aterrado al pensar que el cadáver podría ser el suyo, se las arregló para ocultar su muerte y, lo que es más difícil, su cadáver, que consiguió meter en un arcón, en el que vació varios sacos de sal, hasta cubrirlo.

Poco antes de llegar a La Habana, la escasez de sal en la cocina puso al descubierto el asunto. La sal se había adherido a la piel del cadáver, al cabello, a la barba (que había seguido creciendo), de tal manera que a medida que vaciaban el arcón el cuerpo iba surgiendo como un aparecido. Como si la sal hubiese cristalizado espontáneamente en aquella extraña forma.

A pesar de lo cerca que estaban de tierra, el cuerpo fue arrojado por la borda, acompañado, eso sí, del oficio preceptivo.

Grajo nada más pisar tierra se quiso volver, pero quedó atrapado en la isla para siempre, horrorizado ante la perspectiva de un viaje de vuelta en el que podía morir y ser arrojado al mar para alimento de los peces. Acabó sus días, bastantes años después, en Matanzas, donde se hizo conocido por su obstinación en seguir vistiendo un traje negro.

La Andaluza supo de la muerte del marido pocos días antes de dar a luz. De las muchas cosas que sintió, una fue alivio por no tener que darle explicaciones sobre el niño. Además, las últimas cosechas habían sido espléndidas, de sobrar tanta fruta que los marranos estuvieron todo el invierno comiendo manzanas reineta sin gusanos. Lo contrario de las que precedieron al nacimiento de la niña y, sobre todo, del mayor, que había quedado irreparablemente retrasado por la desnutrición y la ingestión habitual de vino dulce, casi único alimento que conoció durante sus primeros años (los años en los que ella empezó a hacerse conocida por sus juramentos).

Después de la prosperidad que acompañó al nacimiento del pequeño, volvió la escasez de siempre, y fue cuando la Andaluza dio en echar de menos a su hombre.

La niña creció sucia, alegre, llena de vida y con menos luces de las que parecía sugerir su aspecto felino.

Los rapaces crecieron juntos, con una inversión previsible: el pequeño se hizo mucho más grande que el mayor, que se estancó en un tamaño reducido y que, como se fue arrugando desde muy temprano, tuvo siempre aspecto de viejo prematuro. De todos modos, a pesar de las diferencias, eran tan inseparables que recibieron apodo simultáneamente: Perrisco y Fumeque, nombres absurdos e inmotivados que en el momento en que se los impusieron hasta a ellos mismos hizo gracia, pero que el uso fue haciendo invisibles, como a cualquier nombre. El menor —Fumeque— acabó aceptándolos sin protestas, exclusivamente porque quienes se los aplicaban eran brutales con los que les desafiaban, si eran menos fuertes. Y secretamente acumuló tal resentimiento contra aquellos nombres que el día en que pudo imponer su voluntad sobre quienes se la habían impuesto a él, decidió que eran degradantes y prohibió que se volvieran a pronunciar. El mayor hasta ese día los había seguido celebrando con sincero humor.

Durante toda su infancia el menor sufrió impotente las humillaciones a que los sometían las burlas hechas a costa de la simplicidad de su inseparable hermano. Humillaciones que por proximidad le alcanzaban a él, aunque lo que le sublevaba no era eso, sino la tristeza de ver que su hermano admitía con naturalidad que lo maltratasen.

Desde muy pronto Fumeque se propuso proteger a su hermano de las risas. A su propósito contribuyeron las proporciones gigantescas que fue adquiriendo con la edad, algo que los demás advirtieron antes que él mismo, pues abandonaron la costumbre sin que él se lo exigiera. Su primer impulso fue devolver golpe por golpe. Pero como declarar que se tomaba la revancha lo sentía como una derrota, pues suponía admitir un pasado muy largo lleno de vejaciones, se labró una sonrisa de superioridad con la que fingir que nunca se había sentido rebajado, que siempre había estado tranquilamente por encima de todos, y con la que, igual que habían extendido a él la estupidez de su hermano, esperaba que ahora éste se beneficiase.

A pesar de todo, Fumeque un día descubrió que a sus espaldas seguían haciendo chuflas a su hermano, ante la pasividad de éste, y en algunos casos con su complicidad. Entonces se entregó a la tarea —que comprendió debía haber empezado mucho antes— de adiestrarlo para que no hiciese el ridículo. Fue cuando Perrisco empezó a tratar de usted a todo el mundo, incluida la gente de su edad.

El esfuerzo por mantener la sonrisa fue transformando el rostro de Fumeque en una rígida careta, que con el tiempo fue adquiriendo un involuntario tinte de amargura que cuanto más combatía más se pronunciaba.

Bien porque el objeto de las burlas se trasladase hacia otra presa, bien por las dificultades que planteaba la sombra protectora de Fumeque y que había que eludir con gran esfuerzo, bien por agotamiento espontáneo, por desinterés, llegó un momento en que el trato con ellos se hizo, más que respetuoso, indiferente. En todo caso, cualquiera que fuese la razón, no volvió a ser ofensivo.

Una tarde de verano en que Perrisco, agrietado por arrugas cada vez más profundas, tanto que el sol no llegaba al fondo de los surcos, lo que rayaba su cuerpo de líneas blancas, descansaba a la puerta de casa de las faenas del día, apareció una niña, que jugaba a botar una pelota. Él —a pesar de su aspecto, aún era joven— se levantó para proponerle un juego. Se ataba el pantalón por debajo de los brazos, y los tobillos y el arranque de la pierna quedaban descubiertos. El juego que propuso consistía en que uno botaba la pelota y el otro se la tenía que quitar. No sintió ningún rubor en empezar él a botarla. A duras penas conseguía que la niña no se la quitase, y sólo gracias a la longitud de los brazos. Él había transformado el juego en una enseñanza. «¿Ves? —le decía—. Así tienes que hacerlo.» Y aparentaba la seguridad que mostraba su hermano con él cuando trataba de inculcarle algo. Y cada vez le costaba más burlar los movimientos que se le ocurrían a la niña para arrebatarle la pelota, que ya se veía que en cualquier momento iba a acabar en sus manos.

Así estaban cuando Fumeque salió a la calle, en el mismo momento en que pasaban unos extraños por delante. Y aunque hablaron en voz delicadamente baja, aún se pudo oír su comentario en un susurro. Un comentario sin asomo de malicia, sin doblez. De sincera piedad. «Cuitado. Qué lástima.» Quizá era la primera vez en su vida en que no veían su aspecto cómico, o ridículo; en que no querían reírse de él.

El pequeño, Fumeque, esperó a que se marchasen. Después le dio un manotazo a la pelota y le gritó al hermano: «¡Joder, si es que eres tonto!»

La melancolía de ese primer día de otoño que se lleva al verano, del brazo, como a un loco. De repente se hacen visibles las hojas que ya se habían marchitado. El campo queda desierto. Los colores se avivan con esta primera lluvia. Las golondrinas se alinean en los cables, reflexivas, encogidas bajo sus diminutas capas negras. Las miradas buscan lo lejano. Gotean los aleros. El mundo se ha quedado solo. Los caminos se lavan y se llenan de piedras, que estaban ocultas bajo el polvo. El campo recibe con serenidad la mano del otoño. Todo parece sagrado. Parece seguro que tras su desaparición todo volverá a la vida.

## TABERNA DE OLIBOR, UNA TARDE

En la taberna de Olibor se escuchaba con un respeto excesivo al viajero recién llegado.

—La esencia, el espíritu de un lugar, tal vez sólo se capta subiendo a sus montañas, atravesándolas, alejándose un tiempo y volviéndolas a subir de vuelta por la otra ladera. Pero a condición de que esto se haga en el recuerdo. Y sobre todo de que sea el recuerdo de algo que no se haya hecho nunca. Recuerdo, no fantasía.

Tres de los asiduos le escuchaban fascinados. Entendían cada palabra, pero no entendían lo que querían decir juntas. Y sin embargo les inspiraban de tal modo que, uno tras otro, se lanzaron a contar historias cuya intención sólo en sus cabezas era la de exponer el aroma más inconfundible de aquella tierra. Los demás sólo escuchaban meras historias, extrañamente más breves cuanto más intensas. Sin saberlo, cada uno contó algo que con lo que más tenía relación era consigo mismo.

Empezó hablando Varela, el Confitero, que nunca consiguió gobernar su hábito de escupir (se decía que aun dormido seguía lanzando involuntarios y violentos salivazos), y que sólo bebía después de ponerse el sol, por lo que ahora su voz sonaba desusadamente sobria. Contó una historia que le había ocurrido a un tío suyo, hermano pequeño de su madre, a quien se la había oído contar en muchas ocasiones.

—Pero cuando la contaba a un desconocido, había partes que se las saltaba, porque decía que eran muy sentimentales y habrían creído que se las inventaba.

—Yo conocí a tu tío —interrumpió Paco el Músico, el único que no había nacido allí, aunque ya llevaba allí viviendo muchos años— y nunca le encontré esos escrúpulos por que le creyesen, la verdad.

Varela hizo amago de contestarle, pero le pareció como si supiese que se iba a internar en una discusión muy larga que ya le daba pereza, y siguió con su historia.

Afuera, a la melancolía del final de la tarde se sumaba la de los últimos días del verano. El aire era tan limpio que parecía que no había. Se levantó un viento. Invisibles, los ángeles jugaban en los pastizales más cercanos.

Dentro, las diminutas ventanas, diseñadas por los rigores del invierno, adelantaban la llegada de la noche. El humo de los cigarrillos levantaba cortinas que absorbían la escasa luz que flotaba.

Varela el Confitero empezó la relación, cargada efectivamente de elementos melodramáticos. Todo había empezado una tarde de invierno. Ti María la Riaceira se había presentado después de comer a pedirle a Salvador, el tío de Varela, que le fuese a buscar a Mombuey una medicina para el niño que había tenido hacía unas semanas. La mujer no paraba de llorar porque el rapaz estaba muy malito y había dicho don Raúl que si no se le ponía la inyección iba a tener mal arreglo. Salvador la tranquilizó. «Mujer, no llores. Si todo depende de esa inyección, pierde cuidado, que el rapaz se cura.» Cogió la bici y se puso en marcha. Eran cerca de quince kilómetros por un camino solitario —quitando algún tramo de pradera, todo él discurría entre árboles— que atravesaba otros dos pueblos antes de morir en Mombuey. Pinchó cuando le quedaba poco menos de un kilómetro, y como no llevaba herramientas tuvo que hacerlo andando. Compró antes de nada la medicina, arregló el pinchazo en casa de un amigo y se volvió para La Carballa. A medida que avanzaba la tarde, arreció el frío, pero como iba pedaleando no le molestaba. Cuando llegó, él mismo fue a buscar a Ana la Sátrapa para que bajase a poner la inyección. Bien porque estuviese algo bebida, como de costumbre, bien por pura fatalidad, el frasco se rompió antes de sacar siquiera la jeringuilla. Ti María se echó a llorar, y Salvador, muy tranquilo, le dijo que no se preocupase: «Yo voy las veces que haga falta.» Había empezado a nevar y cuando salió ya estaba cuajando. Con las prisas, porque las tardes de invierno son muy cortas, olvidó las herramientas, por si volvía a pinchar. Se dio cuenta en la era, al advertir que una de las ruedas había perdido aire. Volvió a casa, pero se quedó espantado de lo que vio por el camino. Sobre las huellas de su bicicleta, las de cuatro —tal vez cinco— lobos, que le habían seguido seguramente hasta que se había parado. En casa no dijo nada. Hizo un atado con las herramientas y otra vez se puso en marcha. Se pasó todo el camino mirando para atrás sin ver nada. Cuando llegó a Mombuey estaba oscureciendo. Estuvo a punto de comprar dos frascos de la medicina, pero no llevaba dinero suficiente. Al salir puso el faro de la bici. Seguía nevando. Hacia la mitad del camino entre los dos pueblos que debía atravesar, se presentaron sin hacer ruido. Cuando reparó en ellos no supo cuánto tiempo llevaban con él. De repente sintió todo el frío que hacía y que el ejercicio le había protegido de sentir. Cinco lobos, ahora los podía contar bien. Se limitaron a acompañarle, trotando a su lado, como si le escoltasen. La noche se transformó en un túnel bajo una montaña muy alta. Pasados unos cientos de metros, se le empezaron a cruzar por delante de la bicicleta. Él se imaginó que pretendían hacerle caer. Con mucho esfuerzo, pues las piernas le sostenían mejor sobre la bici, se bajó y siguió el camino andando. Los lobos, siempre en silencio, se le acercaron, sin movimientos bruscos ni hostiles. Rozaban el lomo contra su pantalón, como gatos y le golpeaban en las piernas con el rabo. Para tranquilizarse, empezó a hablarles. Primero los trató como a cristianos, haciéndoles preguntas e intentando bromear con ellos. Pero no tardó en agotársele la vena humorística. Entonces pasó a explicarles el motivo de su viaje con la absurda idea de compadecerles, y lo único que consiguió fue acabar llorando, conmovido por su propia historia. Para complicar las cosas, empezó a soplar el viento de cara y como se le metía la nieve en los ojos, a veces se veía obligado a andar con ellos cerrados. Una de esas veces, al volver a abrirlos se encontró con que otra vez estaba solo. Se preguntó si no habría sido todo una alucinación. En ese momento llegaba al otro pueblo. Se metió en casa de unos conocidos y contó lo que le había pasado. Le aconsejaron que no siguiese, que esperase al día siguiente. Pero dijo que tenía que llevar la medicina y que ya le faltaba poco. Además ahora nevaba con menos intensidad. Volvió a montar en la bicicleta. Cuando dejó de ver las últimas luces, los lobos volvieron a presentarse. Le habían estado esperando. Todo se repitió exactamente: los cruces delante de la bicicleta, el apearse, los coletazos en las piernas, la conversación con ellos... Cuando se vieron las primeras luces de La Carballa, los lobos desaparecieron. En ningún momento hicieron intención de atacarle. Con el tiempo llegó a preguntarse si no le habrían estado protegiendo, lo que lejos de tranquilizarle le aterraba. Llegó con los pelos de punta y un olor muy desagradable que nunca se supo de dónde procedía. Entregó la medicina y se metió en la cama, y no se levantó en catorce días, durante los que estuvo sin decir una palabra. El pelo le encaneció y después se le cayó a mechones, como podrido.

—Lo mejor de esta historia... —dijo Varela—. Bueno, lo peor de esta historia es que el niño murió.

—Eso sí que no lo sabía yo —dijo Ti Belarmino, que escuchaba con la boca abierta—. Lo otro ya lo había oído unas cuantas veces.

—Qué iba a morir —contradijo el Músico—. Lo mejor de esta historia es que cuando llegó tu tío el niño ya ni tenía fiebre. Y eso es más verdad que todo lo demás que has contado.

—Ese rapaz murió.

—Murió, sí. Pero con veinte años, en la guerra. Pregúntale a Olibor.

Antes de que este tuviese ocasión de intervenir, volvió a hablar Ti Belarmino.

—Bueno, entonces ¿tú crees que eso es lo que más nos representa, una historia de lobos? Tienes una idea de esta tierra...

—Lo que más nos representa, no —se defendió Varela, muy sereno—: lo que mejor nos representa. Y una historia de lobos, no: esta historia de lobos.

Se hizo un silencio. Un perro ladró cerca de la puerta y todos esperaron en vano que alguien fuese a entrar. Cada vez había menos luz. Olibor encendió la de la taberna, una luz mezquina, que dejaba los rincones en tinieblas y que extendía sobre las cosas una mano de aceite usado.

—Yo voy a contar una historia más reciente —intervino Daniel, que no había abierto la boca—. De los días de la guerra, cuando los remordimientos por haberle cortado los brazos al Cristo mataron a mi padre. No sé si vosotros conocisteis a Damián, o si habéis oído hablar de él.

—¿Y entonces? Mejor que tú.

—Ah, bueno, claro, es verdad. No. A Damián, sí. A quien me refiero es a aquel pariente suyo que se vino poco antes de la guerra. —Todos permanecieron en silencio—. Valentín, creo que se llamaba. —Nadie parecía recordarlo—. Un tipo un poco extraño, que saludaba sin mirar de frente, como si tuviese los ojos en los laterales de la cara. Como las gallinas, que cuando miran de frente ven lo de los lados y cuando quieren ver algo miran hacia otra parte.

Y contó que había llegado como dos años antes de la guerra, con la mujer, que parecía enferma, y una niña de unos tres años, y que al principio habían vivido, durante una temporada, en casa de Damián. Después se trasladaron a una que había en el camino de la sierra, una casa sola, con un árbol enorme a la puerta, al que por las tardes —tan sólo por las tardes— subían las hormigas a cortar hojas, que debían de ser tóxicas, porque no tardaban en caer desvanecidas, formando una lluvia de insectos que al principio les daba mucho asco, pero a la que terminaron por acostumbrarse. Al poco tiempo la mujer murió, como todos esperaban —menos el marido—. Al hombre le dio entonces la manía de barrer el tejado de la casa, tal vez por lo de las hormigas. Fue la época en que se pasaba casi todo el día junto al cementerio; llevaba a jugar a la niña a una pradera que se metía bajo la tapia y continuaba al otro lado, entre lápidas y cruces, y animaba a la niña a que cantase alto, a que gritase, a que jugase a gusto, se sospechaba que con la secreta intención de que la oyese la madre.

Cuando empezó la guerra, al hombre lo reclutaron y se lo llevaron al frente. La niña quedó en casa de Damián. A los pocos meses el hombre reapareció, con una herida que además de no parecer grave tampoco era aparatosa. Volvió a su casa con la niña y ya no tuvo más ocupación que estar todo el tiempo con ella. No volvió al cementerio. Todas las mañanas tomaban el camino de la sierra y no volvían hasta que casi era de noche. Unas semanas después aparecieron unos soldados. Lo esperaron un día entero a la puerta de su casa. Cuando volvía con la niña y los vio, intentó escaparse. Lo atraparon, lo metieron en casa y empezaron a pegarle delante de la hija. Después se dijo que lo acusaban de haber robado dinero de la tropa y de haber huido con él. Le golpearon durante varios días, inútilmente. Pusieron la casa patas arriba. Excavaron el suelo, tiraron tabiques, picaron muros... Interrogaron a la niña, que con toda su inocencia les enseñó el lugar al que la llevaba su padre. Les explicó a qué jugaban, cuáles eran sus escondites favoritos, a qué árboles trepaban, por qué caminos se internaban... Todo en vano. Incluso le destriparon un muñeco del que no se separaba. Terminaron por llevarse al hombre, arrestado. Tiempo después se supo que había muerto reventado de las palizas que le habían dado, sin conseguir sacarle nada.

—Ésta es la primera parte de la historia —dijo Daniel, haciendo una pausa para mojarse los labios en el vaso de vino oscuro, casi negro, de los Valles—. La segunda sucede quince años después, cuando la niña ya andaría por los veinte, no hace tanto. ¡La niña! —Y se quedó unos segundos callado y sonriente—. Ya hacía mucho que no vivía aquí. No sé cuándo se la llevarían. Me imagino que al acabar la guerra.

A nadie le interesó preguntar cómo sabía Daniel la historia. Lo que importaba era que la sabía.

—Una tarde, sentada a la puerta de su casa, viendo jugar a unas niñas, recordó una canción que le había enseñado su padre los últimos días que estuvo con él y que no había vuelto a oír. Entonces descubrió que era verdad que su padre se había llevado aquel dinero, y que en cierta manera lo había escondido en ella. «El nombre de María —decía la canción trucada que ella había aprendido—, que cinco letras tiene: la M, la A, la M, la A: María.» Eso era lo que le había enseñado su padre. Ahí estaba la clave, la contraseña del enigma.

«Mamá.» Y supo, dónde, sin duda lo había escondido. Llegó aquí una tarde y se marchó al día siguiente por la mañana. Me imagino que lo haría por la noche. Seguramente alguien la ayudó. Luego se supo que debajo de la losa encontró una bolsa de cuero. Nadie advirtió entonces que habían removido aquella tumba. Una bolsa de cuero llena de billetes que hacía años habían desaparecido de la circulación y que ya no valían nada. Andando el tiempo, la joven llegó a pensar que su padre había robado aquel dinero para su madre. Y eso le daba mucha pena.

—Moraleja —fue a añadir jovial Ti Belarmino, pero le interrumpió el Músico.

—Nuestra tierra esconde tesoros, pero sólo son tesoros mientras permanecen ocultos.

—Bueno, no es por eso por lo que he contado esta historia. Para mí es un modelo de…

—Bah, es igual. Si yo lo que quería es quitarte la palabra —reconoció el Músico.

El forastero no había vuelto a hablar. Bebía a pequeños tragos una cerveza, directamente de la botella. Le habían puesto un vaso pero lo utilizaba para pisar un taco de hojas en blanco, del que a veces sacaba una y escribía deprisa alguna cosa, sin dejar de mirar a quien hablaba.

—Esta historia también ocurrió cuando la guerra —dijo el Músico, que hablaba sonriendo, una mueca que aunque se supiese que era puramente involuntaria, hacía inevitable pensar que se disponía a contar algo divertido—. No sé si vosotros conocisteis el burdel que pusieron orilla de Palacios.

Casi todos se acordaban. Unos pocos meses antes de la guerra, por la primavera, una falsa madame francesa abrió un burdel a las afueras de Palacios. Los primeros meses fueron un fracaso: los clientes, todos campesinos, no tenían ni tiempo ni dinero, pendientes y ocupados como estaban con la proximidad de la cosecha y condicionados a su calidad. Antes de conseguir tiempo y dinero, estalló la guerra, y como a los pocos días la zona cayó bajo nueva y puritana autoridad, no tardó en quedar cerrado para siempre.

Los pocos que recibieron allí algún servicio durante aquellos meses de escasa actividad quedaron envueltos en una atmósfera de leyenda. Y los que tan sólo llegaron a acercarse al edificio, las antiguas escuelas, un paralelepípedo enfoscado con un cemento basto y repintado en rosa mortecino, con el tiempo, a fuerza de mentir, llegaron a creer que de verdad habían entrado y conocido a las pupilas.

Entre ellas había una, bellísima, muy famosa porque no se había acostado aún con nadie. Cuando la madame le hizo el ofrecimiento, ella sólo le pidió que le dejase escoger a su primer hombre, y la madame se lo concedió.

Al empezar la guerra, en la primera semana, una compañía de rebeldes acampó en Palacios para hacer noche. Fue la primera y la última en la que el burdel alcanzó la actividad para la que había sido montado. En aquella compañía iba un joven del que en el acto nuestra prostituta se quedó prendada y al que se consagró en exclusiva durante toda la noche.

La compañía fue destinada a combatir a un grupo de leales resistentes que se habían hecho fuertes en un pueblo que dominaba el paso a las montañas. Se fueron a la mañana siguiente, temprano. Ella se escapó y los siguió, a distancia, sin ser vista. Llegaron por la noche al pueblo en el que estaban los que resistían. La compañía acampó a las afueras. Ella no se acercó. Pasó la noche sola, aterrada, sin poder dormir.

A la mañana siguiente se presentó al capitán de la compañía a ofrecerse como voluntario, con el pelo cortado y vestida como un hombre. Hizo tan sin sospechas el papel de hombre, que, con la desinhibición que da la proximidad de la muerte, le llamaron Maricón.

—Nadie se dio cuenta. Bueno, casi nadie. Por el día era un soldado más. Sólo se veían por la noche, en algún sitio apartado. —El Músico seguía sonriendo y el gesto seguía dándole aroma de comedia a lo que contaba—. Yo tenía un amigo que decía que lo más interesante de una persona, o lo que más dice de ella, es saber cómo se gana la vida. Pero no es verdad. A una persona la conocemos cuando sabemos con quién vive, o con quién le gustaría vivir. De aquel pueblo fueron a otro y luego a otro, siempre siguiendo la línea del frente. Les tocó vivir los días más felices de su vida en medio de las balas y de los obuses. A él lo mataron en una emboscada. Y lo más extraño es que ella, sin dejar de amarle, le sobreviviese aún bastantes meses. Que no se dejara matar. O que no muriera de amor, o algo así. Ella siguió siendo un soldado más, muerta de pena. Es lo que estropea estas historias. Estas asimetrías. Pero la vida es analfabeta. No sabe escribir. Ni leer —concluyó con su sonrisa fuera de lugar.

Hubo un rato de silencio, como de reflexión.

—¿Y tú por qué sabes todo eso? —preguntó el forastero, sonriendo voluntariamente.

Al Músico le brillaron los ojos, como si fuesen a emitir una luz. Estaba intentando decir algo y no sabía cómo.

—Yo era uno de los que estaban aquella noche —dijo por fin, sin poder dominar su sonrisa—, la del burdel, mirando cómo ella miraba a aquel muchacho, que era compañero mío.

A medida que avanzaba la oscuridad, las bombillas de la taberna parecían dar más luz. Todos estaban callados, con la vista fija cada uno en un punto distinto, mirando algo que seguramente ocurría en su memoria. Olibor, al que ya le empezaban a pesar los años, se acodó en el mostrador y carraspeó. Siempre se reservaba para que su intervención fuese la última. No hizo preámbulo para explicar que en lo que iba a contar se encerraba el espíritu del lugar. Entró directamente.

—La primera vez que mi primo Domingo salió de su pueblo fue con mi madre, que lo trajo una temporada porque a su madre la iban a operar. Ya tendría sus buenos ocho o nueve años. Y al pobre le dejaron con la boca abierta dos cosas: las campanas de la iglesia y las sartenes que tenía mi madre, porque la suya no tenía más que una. «Esto es el mundo», le decía mi madre, muy orgullosa, señalando alrededor, otra aldea mísera.

Olibor invitó a una ronda y todos abandonaron el gesto pensativo. Enseguida comenzaron las discusiones. Acabaron hablando de la tierra, saliendo a la calle y entrando con un puñado de ella para explicarse mejor.

Durante los primeros días, el otoño anda junto a los caminos, no por ellos, sino por fuera de ellos, por medio del campo, dejando su recado en la vegetación. Después, sí, después busca los caminos; y sus invisibles pies van dejando un rastro de charcos.

**CAMPANADAS**

Siempre se había dicho que el día de la Ascensión era el más santo del año. Que los pájaros abandonaban el nido para no mover los huevos y no estropear con ese trabajo la santidad del día. Tal vez algo parecido había empujado a las tres niñas a echarse al campo.

Las dos mayores se habían aliado contra la pequeña. Hablaban entre ellas y cuando la otra intervenía la expulsaban despectivamente de la conversación.

—¿Sabéis por qué los jilgueros entran en los sembrados y se comen el grano?

—Contigo quién habla, morros de tabla. Contigo quién se mete, morros de taburete.

—Porque san Antonio se olvidó de nombrarlos en la oración de los pajaritos.

—¿Es que no te vas a callar?

Hacía un calor meticuloso. No corría ni un soplo de viento. Todo estaba detenido y el mismo aire parecía ejercer presión sobre las cosas. El calor invadía las sombras y era inútil buscar su alivio.

Habían subido —ellas ignoraban que fatigosamente— a un alto desde el que se veían doce pueblos. Un paisaje de campo dominado por colonias alternadas de robles, de escobas y de brezo, y en doce huecos de la vegetación, fragmentos de paredes de piedra como prolongación del suelo, camufladas. En los espacios entre los árboles y el monte bajo, peinados recortes de centeno amarillento. Se habían metido bajo un árbol para evitar el sol en los ojos, no el calor.

En las pausas de las voces infantiles, se oía algo que parecía moverse, lento, sigiloso, entre la hierba, entre las ramas, sin levantar apenas ruido, como si fuese visible y no quisiese ser visto.

Las dos mayores se pusieron a hablar sobre un vestido, o sobre alguna cosa que había de ocurrir. Una de esas conversaciones infantiles que parecen mostrar insatisfacción por el presente.

—Calla —dijo de repente la pequeña.

Las otras se miraron un instante, asombradas por su atrevimiento, pero enseguida reanudaron la conversación.

—¡Callaros! —insistió la pequeña, esta vez con energía.

Las mayores la miraron, un poco asustadas. En el silencio se oyó muy débilmente, como si no encontrase el camino hasta ellas, una campanada.

—Están doblando —dijo la pequeña y de un salto se puso en pie.

Echó a andar hacia La Carballa. Las otras la siguieron, sumisas. Caminaban deprisa, en silencio. Al principio el ruido que hacían al andar ocultaba el de las campanadas, pero poco a poco éste se fue sobreponiendo y llegando firme, sin los titubeos que le comunica la distancia. A su paso, mínimas nubes de polvo quedaban suspendidas un palmo sobre el camino.

—Bea —dijo una de las mayores.

—No ha sido mi abuela —interrumpió la pequeña.

Las otras callaron. En el silencio, llegó nítida otra campanada. La pequeña se apresuró a hablar.

—Esta mañana se ha levantado. No puede ser ella.

El silencio de las otras parecía un argumento en contra que había que rebatir.

—Además es mala. Dios no la quiere, no se la va a llevar.

—Mi madre tampoco es muy buena —dijo una de las mayores, con sinceridad, como si confesase algo desagradable.

—Es una vieja puta —dijo la pequeña, contundente, y miró con disimulo por encima de los hombros.

Hubo otro silencio embarazoso.

—¿Sabes que ayer fuimos a verla? —preguntó una de las mayores—. Se nos había olvidado decírtelo. —La pequeña fingía no escuchar—. Nos preguntó si nos sabíamos la canción de los piececicos, que ella cantaba cuando era pequeña y que ya no la recordaba entera.

—Qué tontería. Ésa se la sabe cualquiera.

—Se puso más contenta de oírla...

Se acercaban al pueblo. Ya sentían las vibraciones de las campanadas en la piel. Iban a alcanzar la primera casa, cuando la pequeña se echó a llorar. Las otras se le acercaron, sin llegar a tocarla.

—Mujer, a lo mejor no ha sido ella.

Pasadas las primeras casas, las mayores se separaron de ella. Cuando se quedó sola, se puso a cantar, en voz muy baja, y sin dejar de llorar, la canción de los piececicos.

—Me das vergüenza, Dios —dijo una vez al sorberse los mocos.

Durante su viaje al noroeste, el viento del otoño todos los años hace noche en el mismo lugar, el punto en el que el arroyo de Forcas se descalza y entra silenciosamente, sin alborotar, en el río que viene cantando desde la sierra. Unos robles, algún castaño, han entrado por equivocación (parece que quisieran volver sobre sus pasos) en la pradera que los fresnos, los humeros y negrillos hace tiempo acabaron arrebatando a los piornos. Desde antes que oscurezca un estrépito de tormenta sobrevuela esa sola porción del bosque. Toda la noche harán muecas los ciegos relámpagos.

**TORMENTAS**

—Pero una bici —le iba diciendo Quique (ocho años) a Pepe (siete)— con un año ya es vieja. Es como los perros. Un perro con doce años se puede morir. Los humanos, no. Los humanos viven hasta los ochenta y tres.

—Oye, Quique. ¿Tú ya fumas? —le interrumpió Jaime, de guasa.

—No, yo no. Bebo vino y gaseosa, pero no fumo.

Volvían cansados y felices de su primera exploración. Se habían dejado guiar por Jaime y por Aurora, los mayores, y ahora mostraban su agradecimiento sometiéndose a todo lo que les proponían. Por eso, que más adelante Sara se negase a imitarles era visto por los otros como una traición. Tuvo que ser el propio Jaime quien la librara de la hostilidad de los demás. Habían llegado a la Peña del Sapo y Jaime había inventado la tradición de que se podía obtener el deseo que se le pidiese al Sapo, a condición de que sólo lo supiesen el Sapo y él. Tal vez él sólo quería conocer uno y lo ocultaba pidiéndoselo a todos. La ceremonia fue muy seria y sólo hubo algunas risas nerviosas en el momento de hablarle al oído. Había como una alegría contenida, como si circulase bajo tierra y todos la estuviesen pisando. Hasta que llegó el turno de Sara, que se puso furiosa. «Yo no le voy a pedir un deseo a una piedra, porque las piedras no conceden deseos. Los deseos nunca se cumplen, y menos si dependen de que se les cuente a una piedra. —Y fue dirigiendo, personalizando, su rencor—. Sois imbéciles, dando saltitos para nada. Y tú, Jaime, eres el peor. El más imbécil. No sé cómo...» Y se alejó llorando sin poder acabar de decir lo que quería. Después de unos instantes de estupor, hubo un indignado tumulto. Todos querían reparar la ofensa. «A lo mejor tiene razón —admitió Jaime—. Creo que no ha sido una buena idea.»

La vuelta fue muy triste.

Esto fue al principio del verano y ya no hubo más expediciones.

Jaime siguió yendo por casa de Sara, sobre todo a las horas de comer, cuando más ayuda necesitaba y, sobre todo, cuando más expuesta estaba a las reacciones alcohólicas de su padre. No se le olvidaba aquella noche en la que sorprendió a Julio a punto de golpearla con el puño, acurrucada en un rincón.

Sara tenía un vago recuerdo de su madre, lo mismo que de su padre en una época anterior a que la bebida lo sometiese. Un vago recuerdo de una edad vagamente dorada. Ahora transcurrían los peores días; días que ya no podían empeorar. Las fincas, la hacienda, las cosas de la casa... todo desatendido. O en manos de una niña que cree que ya sabe hacerlo todo y que se desespera al pensar que todo va mal porque hay algo que no hace bien.

Julio ya hace tiempo que sólo actúa impulsado por las visiones de su delirio. Empezó con la obsesión del lobo y más de una noche sus hermanos tuvieron que salir a batir el monte hasta que lo encontraban tiritando, dormido contra un roble, con la escopeta sobre la piernas, no se sabe cuántos cartuchos disparados a las sombras.

Después le dio por decir que en la pradera de Lagunas, todas las noches había un combate de guerreros antiguos, que seguían peleando desde el fondo del tiempo. De dónde sacaba estas ocurrencias es un misterio. Más que analfabeto, era prácticamente ágrafo. Desconocía los rudimentos de la escritura por no haber asistido apenas a la escuela. Las lecturas, por tanto, no inspiraban su imaginación, bastante seca, en general. Por otra parte, por su carácter estrecho no circulaban las mentiras.

Habituado desde niño a trabajar el campo, la llegada de don Pedro, el cura tullido que sustituyó a don Gerardo, el sustituto de don Marcelino, supuso el paso a relaciones y actividades, si no nuevas, sí desde nuevas perspectivas. Fue también el momento en que tuvo un conato de formación. Cuando más cerca estuvo de las letras.

Don Pedro tenía un carácter muy enérgico, pero, hecho a soportar burlas y humillaciones —una cruel doma—, con una energía desarrollada del lado de la mansedumbre. Energía que donde mejor se reflejaba era en su manera de moverse, rápida y repentina, lo que combinado con su condición de impedido le llevaba a continuas caídas que, por ser el único que no encontraba cómicas, resultaban en extremo violentas para todos.

Don Pedro había hecho muchos proyectos. Todos buenos y todos erróneos. Era un Cristo tenaz y equivocado. Arregló la iglesia y después de la reforma por algún misterioso motivo Dios parecía menos presente. Quiso que la gente sepultase viejas enemistades y el resultado fue el período de mayores altercados, el más insolidario desde hacía mucho tiempo. Y sobre todo se empecinó en emparejar a los jóvenes, para los que despejó y reparó una cuadra en el patio trasero de la casa parroquial. El entusiasmo con que se recibió la iniciativa fue remitiendo. Lentamente, el plano original con la distribución de los emparejamientos que don Pedro guardaba en la cabeza se veía sujeto a constantes redistribuciones. Y poco a poco el grupo se fue disgregando. Cuando todo llevaba camino de la desintegración total, don Pedro puso todo su empeño en que Julio y Barbarita no le decepcionasen y salvasen su proyecto de que de allí saliesen las parejas fundacionales de la generación que iba a tomar el relevo de los mayores. Julio y Barbarita. La pareja más disímil, más forzada, que se podía imaginar. Una unión tan disparatada que hasta ellos mismos sucumbieron a la fantasía, como si se encontrasen bajo un hechizo contemplando vidas ajenas. Fue por entonces cuando don Pedro intentó instruir a Julio, con los más nulos resultados, a pesar de la buena disposición del joven.

Todo resultó mal desde el principio. Hasta el niño que esperaban resultó ser una niña. Y luego, el cúmulo de adversidades, como una conjura. El primer año, pedrisco; el segundo, sequía; el embargo del tractor, casi el primer tractor que llegaba a La Carballa, al que las vacas miraban arar con mirada estúpida... Una tras otra, como una terca maldición. Y don Pedro, que un día, compungido, anuncia su traslado (con el tiempo habría de saberse que a petición propia; con el tiempo también habría de saberse que, más tarde, había abandonado el sacerdocio para casarse, que se había separado, que había intentado volver a decir misa y que había acabado litigando con la Iglesia). Como se comprobó, don Pedro resultó ser el peso civilizador que actuaba sobre Julio. Sus riendas. Apenas ido él, a Julio se le empezó a ir la mano con Barbarita, a la que nadie se habría imaginado dejándose pegar. Pero por poco tiempo, porque ya fue todo seguido. El otro niño y la enfermedad de ella casi a la vez, médicos y más médicos, la lucha en vano, la puta muerte. Y entre medias, los golpes, el trabajo, la miseria y el alcohol.

Primero, pues, fue la obsesión de los lobos, que se

le aparecían por todas partes y a los que persiguió en su mundo imaginario con disparos que acertaban en el real. Delirio que sólo remitió cuando una tarde vio cómo bajaban de una furgoneta siete lobos —dos adultos, un macho y una hembra, y cinco crías— recién muertos en una batida. Lobos con la mirada diabólica detenida en sus ojos abiertos, cuya malignidad quedaba atenuada por la insignificante postura de animal doméstico, y desmentida por la porción de lengua que asomaba entre los colmillos, que los volvía ridículos e inofensivos. Desde entonces los lobos de su cabeza volvieron al monte y pudo dejar descansar la escopeta.

Y después del lobo, el combate nocturno entre guerreros en la alta pradera de Lagunas, un solitario páramo colonizado por un brezo enano expuesto a vientos incesantes, que por alguna razón conservaba su remoto nombre de pradera. Las risas que despertaba la ocurrencia llevaban a Julio a contar los detalles con una seriedad, con una impasibilidad que estremecía. La taberna de Aurelio, abierta, después del cierre de la de Olibor, en el local de la de Eugenio, de la que casi nadie se acordaba, se quedaba en silencio mientras describía cómo el suelo se cubría de miembros cercenados y de vísceras en las que resbalaban los ciegos pies, y cómo ascendía humo de la sangre caída; o cómo agonizaba un hombre mientras se le oscurecían los labios y respiraba hondo y movía lentamente una pierna e intentaba volver la cabeza; o el griterío mezclado de los que luchaban, de los que daban órdenes, de los moribundos, y los jadeos de cansancio que acompañaban a cada golpe y el ruido apagado de los golpes en la carne. Sólo cuando callaba volvían las risas.

Había hecho el descubrimiento —decía— una tarde de caza en que se le hizo de noche antes de lo que esperaba. Desde entonces, todas las tardes, al oscurecer, cogía el camino de la pradera, con un zurrón, el perro y la escopeta, que nunca disparaba, y cada vez volvía más tarde. Más tarde y más bebido, más fuera de sí. Hasta que una noche, fría y lluviosa, en vista de que no volvía, hubo que salir a buscarlo. Fue Antonio, el hermano pequeño, con el tractor de Cristián, que se lo prestó de mala gana. Cuando llegó a la pradera, soplaba un viento áspero entre la desordenada lluvia. Antonio gritó, sin resultado. Los faros, de poco alcance, no descubrían más que caóticas gotas extraviadas. Por fin, a punto de desesperar, lo vio sentado en una piedra. Estaba tan concentrado que no reparó en el tractor, que se acercaba. Miraba al frente y apretaba los puños, un poco inclinado hacia delante, y los movía en silencio, como si animase a alguien. El perro, a sus pies, sentado sobre las patas traseras, miraba quieto hacia la oscuridad en la misma dirección, con la cabeza muy levantada, como si efectivamente viese algo. Los dos estaban empapados. Antonio apuntó con los faros hacia donde miraban. Los dos tubos de luz iluminaban una porción del brezal, batido por la tormenta. A pesar de los gritos y del ruido del motor, Julio no desvió la mirada.

Cuando lo metió en casa, ya respiraba con dificultad. Antes de que amaneciese hubo que trasladarlo a la capital. Su cuerpo inconsciente luchó como por propia voluntad durante un mes para no cesar.

Volvió regenerado, él creyó que para siempre. Sara volvió a casa, desde la de sus tíos. El primer día Jaime reanudó sus visitas.

—¡Jaime! —gritó ella al verlo y corrió hacia él—. Jaime, se cumplió mi deseo.

Y se detuvo. Se quedó mirando el suelo, como avergonzada.

No se ha llamado suficientemente la atención sobre el valor distinto del puramente diminutivo de la terminación *-ico*, tan empleada en la región de La Carballa. Se oye decir «dame un panico» y vemos que lo que se sirve es una hogaza de la que come toda una familia durante una semana. Es difícil que el que está de paso sea capaz de advertir que unos «bracines» son unos brazos temporalmente delgados y que unos «bracicos» son unos brazos de los que se sabe, con pena, que siempre serán unos bracicos. Es muy difícil que si oye hablar a una mujer de «marranicos», de «rapacicos», o de «arbolicos», advierta toda la ternura que hay en esa forma de expresarse.

## HISTORIAS FAMILIARES

Este recorrido sería incompleto sin alguna de esas historias truncas, como cojas, a las que parece que les falta algo, historias que el que escucha nunca sabe cuándo han acabado, que sólo circulan en el interior de cada familia y que rara vez traspasan la puerta de la calle, porque fuera se desvanecen.

Una tarde Ti Alfonso Mañanicas, sentado a la puerta de la taberna de Aurelio, después de escuchar una conversación en la que habían salido historias que le habían fascinado, quiso transmitir, para ponerse a la misma altura, la emoción que recordaba sentir con las cosas que le contaba su madre. Se había hablado de lobos y él contó que una vez su tía Rogelia estaba arando en un cercado junto al camino de Gramedo, cuando pasó don Marcelino en su mula y le dijo: «Qué bien acompañada estás, Rogelia.» «Sí —le contestó—. No sé de quién será ese perro. Lleva ahí sentado desde que he venido.» «Sí, sí, perro. Mujer, ¿no ves que es el lobo?»

—Y mi tía cogió la pareja y se fue a casa —acabó Ti Alfonso. Enseguida se dio cuenta de que algo había fallado. Eso era lo que le había contado su madre, pero a la vez era consciente de que no era eso—. Ella lo contaba muy bien —dijo para justificarse.

Entonces lo intentó con lo de la víbora. Una vez, un

verano, su abuela Ana había descosido como hacía todos los años el colchón, en el pajar, para varear la lana. Cuando se fue a comer, no había acabado y lo dejó abierto. Después de comer volvió para coserlo. Se llevó al niño, el tío de Ti Alfonso, que tendría cuatro o cinco años, y cuando acabó se durmieron la siesta encima del colchón. Al año siguiente, al volver a abrirlo, encontró entre la lana, ya cerca de la superficie, una víbora.

—Muerta, claro. Se había metido mientras mi abuela se había ido a comer. Después, al verse encerrada, fue subiendo entre la lana. Y antes de que llegase arriba, mi abuela se acostó encima y la asfixió... —Ti Alfonso dudó. Había llegado al final, pero no quería decirlo. Él mismo era consciente de que faltaba algo, pero es que no había más—. Un poco más y podía haber picado al niño...

Y para que pareciese que la historia no había acabado, que tenía continuación, le unió otro recuerdo, como si aún pudiese salvarlo. Uno de los que escuchaban se levantó y se fue.

—Dos días después, o el mismo día siguiente, no me acuerdo, tuvo que ir a Otero. Iba en una borrica que le habían dejado, porque ella animales no tenía más que el marrano del año. Antes de llegar al río Negro cayó una tormenta, y esperó a que pasase debajo de unos pinos. Cuando escampó, siguió adelante, y al cruzar el puente, que antes era de madera, se quedó quieta oyendo un ruido de algo que se acercaba retumbando. Pensó que era otra tormenta y arreó a la burra. Cuando estuvo al otro lado, se dio la vuelta y vio cómo bajaba por el río un río mucho más grande que iba cubriendo los árboles de la orilla y que arrancó el puente y lo desarmó como si...

No encontraba la comparación. Se puso nervioso. Tenía prisa por ganarse la admiración que nadie manifestaba y se apresuró a añadir otro recuerdo que cometió el error de adelantar que era mejor.

—Otra vez que estaba con otras mujeres lavando en el río, estalló una tormenta y todas corrieron a refugiarse en el molino de San Andrés, que ya entonces estaba abandonado. Ella antes recogió la ropa que tenía tendida en las peñas. Las otras se reían. «¿Quién te la va a quitar?» Al poco se oyó ruido de crecida. Empezó a subir el agua y tuvieron que salir del molino porque se inundaba. El agua se llevó toda la ropa que había quedado tendida, la albarda del burro y a punto estuvo de ahogar al mismo burro, que estaba atado a un árbol. Cuando pasó la riada, los prados de al lado del río estaban cubiertos de truchas. Como ahora tenían vacías las cestas de la ropa, las llenaron de ellas.

—Qué bueno —dijeron algunos.

Ahora se sentía mal. Le parecía que al contar esas historias, tan queridas y a las que hacía tanto que no volvía, no sólo no había conseguido interesar a nadie, sino que las había profanado. En cierto modo prefería que no hubiesen gustado. De repente no quería compartirlas. Historias familiares, modestas, que le contó su madre, y que tenían más de modestas que de historias. Episodios —como éstos— que le contaba de niño y que él no había olvidado, no porque fuesen inolvidables, sino porque se los había contado ella.

La primera helada del otoño. Las vacas han pasado la noche en los pastos de la montaña. Acaba de salir el sol. Una carrera de nubes, que pasan veloces y parecen dirigirse por propia voluntad a alguna parte, apenas le dejan asomarse. Del lomo de las vacas ascienden columnas de vaho, como fantasmas. Al tacto, su piel tibia parece sudorosa. Los cuernos aún conservan el frío de la noche.

**UNA CAJA LLENA DE FICHAS**

En el mes de junio de 1936, dos estudiantes de letras, J. S. P. y E. V. G., enviados por el fonetista Navarro Tomás, recorrieron a pie una serie de pueblos de la región para tratar de establecer la línea que marcaba el límite oriental de expansión del diptongo decreciente *OU*. La investigación reveló dos líneas. Una exterior, formada por topónimos, y otra, como regresión de la anterior, sacada a la luz mediante encuestas a los más mayores sobre la exacta pronunciación de determinadas palabras testigo. Después de quince días de itinerancia, decidieron establecer una especie de campamento base estratégico, situado aproximadamente a medio camino de todos los puntos que aún tenían previsto visitar. Escogieron La Carballa, desde donde cada día emprendían excursiones en direcciones diferentes.

Les alojó Emilia Lobato Llamas, que vivía con sus cuatro hijos —todos ellos varones—, sola, pues su marido, que se dedicaba a la arriería, pasaba mucho tiempo fuera. Por una cantidad que se cuidaron mucho de confesar que les parecía ridícula, les dio comida y alojamiento durante aproximadamente un mes.

Por la noche, después de cenar, antes de retirarse a dormir, hablaban con aquella mujer durante veinte, treinta minutos, no más, pues todos madrugaban. Los jóvenes llevaban un diario de sus investigaciones. En los últimos días de la primera semana ya empieza a aparecer esta mujer en el diario. Poco a poco van apuntando todo lo que les cuenta. Y llega un momento en que dejan de hacerlo en el diario y optan por hacer sus anotaciones en fichas sueltas, seguramente porque su carácter breve, asistemático, inconexo, se prestaba a ello, y porque ese formato permitía ordenar cada apunte de manera independiente.

Los dos jóvenes volvieron a Madrid sólo unos días antes de que se declarase la guerra. Todo el material de la investigación —carpetas, cuadernos, fichas, grabaciones— fue depositado en el despacho de don Tomás Navarro Tomás. No se sabe qué fue de los jóvenes durante la guerra, pero el hecho de que al final de ésta nadie acudiese a recuperar aquel material, nos permite sospecharlo. Todo fue guardado en una caja de cartón y acabó olvidado junto al resto de las cosas de Navarro Tomás, que, como se sabe, marchó al exilio. La caja aún se conserva en el Centro de Estudios Históricos.

Aquí aparece, cogida al azar, una pequeña parte de ese material, en su misma caótica ordenación, que es posible que proceda de algún accidente en el que todas se mezclaron. Seguramente es imposible reconstruir el orden en que fueron anotadas, algo que por otra parte carece de interés. El hecho de que unas anotaciones aparezcan entrecomilladas obedece a razones que por resultar oscuras se respetan en esta transcripción.

*

Nos dice que desconfiemos del momento. Que fatalmente vamos a aprovechar el día.

*

Cosas que parecía contarles a los niños esta noche y que alcanzábamos a oír (¿entenderían algo?): Los pies salieron de la maleza y se dirigieron al manantial. Hablaron al agua mansa y se echaron a andar para que ésta los siguiese. El cauce estaba seco. Cantos, blancos y pulidos, amontonados sin misterio. El agua no tardó en obedecer y los siguió sumisa, mojándoles los talones, sin atreverse a adelantarles. Y si se detenían, el agua se sentaba a esperar. Y si retrocedía, el agua se echaba atrás, como si estuviesen tirando de ella por el rabo. Les llevó varios días conducirla hasta el primer puente. Cuando llegaron, el sol estaba muy alto, pero aún era de noche. De algún rincón del cielo, surgidos de la oscuridad, seguían llegando pájaros. Ya estaban cerca de su destino. Volaban tan bajo que se les oía aletear. Veintitrés vencejos en formación, como murciélagos serenos, pasaron de largo y sus pechos blancos parecieron estrellas fugaces. Entre los grupos de pájaros pasaban bandadas de violetas, de amapolas, que se dejaban caer sobre los matorrales, sobre el campo, que llevaba toda la noche en vela, a la espera. Todo volvía con su memoria intacta. Cada cosa a su lugar, a su casa abandonada. Los árboles, que no pudieron seguirles, temblaban.

\*

«Qué poca cosa es todo esto para los recién llegados», dice, insinuando que el tiempo lo transforma en otra cosa.

\*

Noche de luna nueva. A la puerta de la casa. El cielo estrellado, un sueño común. ¿Cómo lo ha dicho ella?

\*

Nos lee, a escondidas, y extasiada, las cartas de amor que le escribía su marido cuando eran novios. Son palabras tópicas, gastadas. Ella no ve la mala literatura. Sólo ve los sentimientos.

*

Recuerda que cuando era niña y bajaba al río le resultaba difícil escoger la piedra más bonita. Bajo el agua, cada una tenía un color, un brillo más extraordinario que la otra. Y como no era capaz de decidirse, acababa llenándose los bolsillos, que era como querer llevarse todas. Pero cuando las sacaba en casa, secas, se habían transformado en simples piedras del camino.

*

Se burla de los que creen que hay una paisana que tiene en el sexo la madriguera de un grillo («por muy soltera que sea», dice). Sin embargo, cree de otra que es bruja, porque tiempo atrás libró del pedrisco solamente una tierra suya. Un *cuadrado* en el que no entró un solo grano de hielo.

*

Nos habla de un pariente de su marido que trabajaba en una sierra y que un accidente le cortó por la mitad. Lo metieron en el ataúd primero un trozo y luego otro. El cura, que no le quería, porque no era buen «cliente», quiso enterrar una mitad en el cementerio católico y la otra en el civil, pero la familia se puso hecha una furia.

*

Habla de un fulano (habría que apuntar estos nombres) y dice que «su cuerpo aún le sobrevivió varios años».

*

Les cuenta a los niños un cuento en el que hay este diálogo:
—¡Un hombre cosiendo! ¡Qué risa!
—Pues más risa es un gato que habla.

*

—No he recordado en toda la noche —ha dicho esta mañana.
Como en Jorge Manrique.

*

Respuestas que da a sus hijos: —No puedo. —Haces en poder. —Me duele la cabeza. —Pues duélele tú a ella. —Tengo hambre. —Muerde en un brazo. —No veo. —Enciéndete un dedo. —No, no. —Ni nono, ni décimo.

*

Nombres que salen en sus historias: Ti Belarmino, Ti Udorico, Orestes, Aurelio, Ti María la Arrastrada, Avelino, Ti Ceferina, Anesia, Visitación, Peregrina, Jeromo el de Donado, Saturia, Clotilde, Ti Salvador el de Peica, Damián, Ignacia, Adoración, Juan Graña, Amalia, Celia, Carmen la Madrigala, Sindo, Celso, Ti María la Riaceira, Paco el Músico, Polonio, Ti Vicente —más conocido como Ti Chacona—, Agustinote, Ti Alfonso Mañanicas, María la Pavera, Litango, Ti Teresa la Barbuda, Ti Ludivina, Ti Benita la Figurina, Baldomero, Catalina la Espejera, El Ratón, Consuelo la Cuartelera, Benedita... Muchos aún viven.

*

Hubo aquí una mujer que, en sueños, encontraba cosas que se habían perdido. Servía en casa de alguien y un día soñó que en el corral, debajo de una piedra junto a la que se hacían las necesidades (¿no son maravillosos estos detalles?) había una serpiente. Y resultó que era verdad. Ése fue su primer caso. Parece ser que se hizo muy famosa. El caso en el que más impresionaron sus habilidades fue, sin embargo, el más confuso. Aquí todo el mundo sabe que investigó un crimen cometido en un sueño. Pero eso es todo lo que se sabe. No hay detalles. Todos leyeron el titular y nadie la letra pequeña. Emilia recuerda que soñaba con una habitación y que unas veces veía en ella a un muerto y otras a gente distinta que no conocía, y que cuando estaban unos no estaban otros, y que de esas combinaciones es de donde desenredó toda la historia. Emilia está convencida de que fue un crimen real, pero que nadie sabe dónde ni cuándo ocurrió.

*

Su suegro fue soldado en México durante su juventud. Dice que el ejército en el que estuvo se nutría de mercenarios y de levas. Y que una vez a los rapaces —dice que cogían rapaces— les dio por suicidarse, pero tantos que el regimiento en el que él estaba se quedó inoperativo. Mandaron un coronel que intentó solucionarlo fusilando a los cadáveres de los suicidas, pero no consiguió nada. Luego fue otro que acabó con la epidemia cortándoles las manos, los pies y la cabeza a los que se suicidaban y enterrándolas aparte de los cuerpos. Dice que las levas se hacían entre campesinos y que eran muy supersticiosos. Una vez, después de cruzar un desierto, llegaron a una zona montañosa con mucha selva. Atravesaban ríos anchísimos. Y un día se negaron a cruzar uno más bien pequeño —como el de aquí, de La Carballa, dice ella— porque en la región se creía que era el río del olvido. No había manera de que pasase nadie, ni por la fuerza ni por persuasión. Al final un capitán cruzó a la otra orilla y se puso a gritar. «¡Fulano! ¡Mengano! No he olvidado vuestros nombres. Cruzad.» Esta mujer no estaba allí, claro. Sin embargo, según nos lo contaba veíamos cómo se removía el lodo del fondo a medida que iban pasando los soldados.

*

Dice «sobrecenar» por «merendar». Y «caducar» por «morir».

*

Hay que hacer un libro ordenando estacionalmente todas estas notas hasta completar el ciclo anual. Describiendo un año, se describen todos. Un día todo esto se perderá.

*

Nombres de plantas que salen por primavera y que se recogen para dárselas a los marranos: jamargos, ortigas, janijos, pico de zada, corriyuela, uña de milano, borrajas, lichariegas, parra de culebra, silvestre, cicuta, lampazas, oreja de liebre, lenguas, rugideras, alburuétanas, lintén, cirueña, amaruéganos o amayuelos…

*

Aquí hay muchas mujeres que beben. Nos hace el recuento y salen muchas más de las que habríamos imaginado. Hay una, Antonia, que se sabe cuándo ha bebido porque sale de casa diciendo: «También los pobres tenemos derecho a llevar zapatillas. O qué. ¿Es que sólo las van a poder llevar los ricos?» A continuación suele ponerse a gritar: «¡Putas!» El otro domingo bajaba a las tres de la tarde, toda despeinada y sofocada. «¿Pero adónde vas, mujer?», dice que le preguntó. «A misa», contestó la otra sin pararse. «Pero, mujer, si la misa fue esta mañana. Anda, vuelve a casa y métete en la cama.» Y lo que son las cosas. Volvió agarrándose por todas las paredes. La había tenido en pie la misa.

\*

«La noche del 30 de octubre al 1 de noviembre los mozos cortan un roble que les da el pueblo. Se hace leña y se prende a la puerta de la iglesia. Se coge también la leña que se encuentra por la calle. La gente que sale de misa se queda un rato junto a la lumbre. Dicen que representa el purgatorio. Después los mozos se quedan con los rescoldos y se pasan la noche encordando. Los más nuevos están más tiempo. Se turnan cada quince o veinte minutos. Desde el campanario se ven las luces que durante el día cada uno ha puesto en las tumbas de sus antepasados. Algunos, antes de meterse en la cama, bajan a ver si se han apagado las luces que han puesto durante el día. Los mozos más antiguos se echan una sábana encima y se ponen en el tejado de la iglesia para asustar a los más nuevos, que entre eso y las luces lejanas del cementerio sí se asustan. Los mozos no duermen esa noche. Se calientan con las brasas de la hoguera hecha con el roble. Como en todos los pueblos se hace lo mismo, no es difícil oír más de una campana.»

\*

«Aunque he vivido aquí casi siempre, yo nací en Gramedo. Cuando era niña, había un cerezo en una huerta cerca de la Vega, camino de la fuente. A ningún chico se le ocurría subirse al árbol o a la tapia, porque tenía dueño. Pero lo que sí hacíamos todos los rapaces era apañar las que caían fuera del huerto, en el camino. Cuando más había era por la mañana, porque habían estado cayendo toda la noche sin que nadie las cogiese. Por la mañana los rapaces madrugábamos para ir a buscar agua. También después de las tormentas.»

Ermita abandonada. Los aleros aún gotean el agua que recuerdan que les cayó en lejanas tormentas.

## LA JUSTIFICACIÓN DEL MUNDO

Había muchos rincones del pueblo que estaban cambiados, pero de alguna manera misteriosa todo seguía igual. Era posible que sus ojos estuviesen viendo exactamente lo mismo que otros ojos distintos durante generaciones habían visto hacía cien, doscientos años, lo que le llenaba de una oscura fuerza que no comprendía.

Casi treinta años después, Ton, el nieto de Adoración, volvía a La Carballa. La casa de la abuela, lo primero que había querido ver, se había caído hacía mucho tiempo y sobre sus ruinas crecían zarzas que no conseguían ocultar las vigas que sobresalían de entre los escombros. Sólo quedaba en pie parte del muro este y unos metros de fachada que hacían esquina con él. Lo justo para que hubiese sobrevivido el ventanuco de su cuarto. Ahora que volvía a verlo, qué pequeño era. Qué pocas cosas podía ver a su través. Pero qué grande parecía el mundo con aquellos breves indicios.

Él no había nacido allí, sino en una ciudad del norte. Con apenas cinco años quedó huérfano de padre y madre, y lo recogió, de mala gana, un tío paterno, el que vivía más cerca, que lo tuvo poco más de un año y que con la disculpa de que un cambio de aires les sentaría bien a sus pulmones, afectados por el frío y la humedad, se lo endosó a su abuela materna, Adoración, una vieja amargada que vivía sola en La Carballa, sin contacto con ningún miembro de su familia, ni lejano ni cercano, y que se opuso a quedarse con el niño, pero que cuando quiso darse cuenta ya lo tenía instalado en una de las muchas camas vacías de la casa.

Ton siempre recordó aquellos primeros días como si los hubiese vivido en sueños. Una vieja que no hablaba nunca le servía con regularidad —eran los únicos momentos en que la veía— comidas y medicamentos, sin dar la menor muestra ni de afecto ni de hostilidad. El resto del tiempo lo pasaba tratando de escuchar algún ruido y mirando por el ventanuco, por el que veía un trozo de cielo, de color cambiante, y las ramas más altas de un árbol que tenía que ser enorme, y que por las noches, movidas por el viento, insistían en bramar como si quisiesen decir algo. A veces oía un reloj lejano dando las horas. Los últimos días de su enfermedad —él no sabía que eran los últimos— tuvo accesos de tos muy violentos. Hubo dos noches que se las pasó enteras tosiendo. Durante ellas, de repente aparecía la vieja, le tocaba la frente, le daba algo de beber y se quedaba junto a él en silencio, mirando para un rincón, hasta que se quedaba adormilado. Luego, la tos le despertaba y otra vez estaba solo, aunque no tardaba en volver a aparecer la vieja.

Cuando dejó de toser, una mañana, estaba extenuado. Entonces siguieron los días más dulces de la enfermedad, que el recuerdo acabó transformando en los más felices de su vida. La abuela siguió yendo y él, para espiarla, a veces se hacía el dormido. Ella permanecía tan inmóvil en el cuarto, que él dudaba de que hubiese entrado y siempre estaba a punto de abrir los ojos cuando la oía marcharse sin hacer ruido. Nunca supo qué hacía durante el tiempo que se quedaba.

Aquellas noches, vividas como la última, le habían agudizado la sensibilidad. Qué dicha cuando volvía la mañana, las primeras luces, los primeros ruidos en la calle... Entonces descubrió que volver a la vida era mucho más importante que vivir. Vivir, si no se volvía a vivir, carecía de importancia. Con el tiempo llegó a desarrollar la idea de que cuando alcanzase la inmortalidad llegaría a comprender que lo más alto que se le había concedido era seguramente la vida perecedera.

Así como, con el paso de los años, llegó a recordar con toda nitidez aquellos días, olvidó casi por completo los que siguieron, los tan ansiados en los que abandonó la cama y recuperó la salud y el milagro de la vida rutinaria. Asombrosamente, ni siquiera recordaba aquel primer momento de volver a poner los pies en el suelo.

Sus siguientes recuerdos daban un salto. El reloj que oía durante su enfermedad estaba en una habitación vacía. Era un reloj de cuerda con un péndulo muy largo que se movía con parsimonia —daba la impresión de que tenía que atrasar—, lo que contrastaba con la precipitación con que daba las horas. No sabía qué le fascinaba de él, pero pasaba mucho tiempo mirándolo y escuchando sus sonidos. De alguna manera que él mismo ignoraba, llegó a saber cuándo el reloj estaba a punto de dar las horas. Algunas noches salía descalzo de su habitación y se quedaba frente al reloj, esperando que sonasen las campanadas, que estaban a punto de oírse. Creía asistir a algo maravilloso e ignoraba que lo maravilloso estaba en él, en la precisión con que se anticipaba al mecanismo. El silencio que se restauraba tras sonar las horas era de una calidad superior.

Tampoco recordaba cuándo su abuela había empezado a hablarle. Su memoria pasaba de los primeros días de silencio ininterrumpido a otros de trato familiar y desenvuelto, todo lo familiar y desenvuelto que podía ser el trato con su abuela, aquella mujer esquelética, de natural severo y lacónico. Durante estos treinta años no ha habido un solo día en que no haya soñado con volver. Ahora que lo hace se pregunta por qué lo hace precisamente ahora. El momento oportuno para cualquier cosa ¿está antes o después de aquel que escogemos para hacerla?

Después de recorrer toda La Carballa y de descubrir que a pesar de los cambios el pueblo insistía en ser el mismo, tomó el camino de Gramedo. En los últimos días de su estancia, hacía treinta años, conoció a una niña de su edad que todos los días sacaba al campo unas ovejas. Fue aquel último verano, en el que él se empeñó en acompañar a Lin, el pastor de su abuela, la cual al principio se resistía, pero que, como coincidió también con la reanudación de la ofensiva de las autoridades para que se aviniese a llevar al niño a la escuela, no sólo le dio permiso, para resaltar su negativa y su desprecio de las instituciones, sino que le animó a hacerlo, pintándole con colores muy favorables las ventajas de la vida al aire libre, expresadas en términos de aventura. Después ella se arrepintió mucho —durante poco tiempo, es cierto— de aquel acto irreflexivo, al fin y al cabo el que desencadenó el final, pues a pesar de estar convencida de que la custodia de hecho —ya que ningún otro pariente quería hacerse cargo— le daba derecho a la custodia legal del niño, las autoridades se lo arrebataron, con la ley en la mano, y se lo entregaron, contra la voluntad de todos, al mismo tío paterno que lo había llevado, para que se encargase de su educación.

La separación, para que ni el niño ni la abuela opusiesen resistencia, se hizo mediante la maniobra de mentirles a los dos. A él, diciendo que su abuela ya no quería verle y que prefería que se fuese, y a ella diciéndole que el niño había escogido irse con su tío. Durante algunos años el niño mantuvo un intenso rencor por su abuela —de la que no había querido despedirse—, hasta que poco a poco el sentimiento se fue debilitando, a la vez que su recuerdo. Con el tiempo supo que después de que él se fuese, la abuela se había dejado morir. Y que todos sus bienes habían pasado a él, o a quien se los administrase. Ahora, muerto su tío poco menos que en la miseria, estaba solo y sin recursos.

Pero todo esto aún quedaba lejos —no tanto en el tiempo— aquel verano en que acompañó a Lin con su rebaño. A la niña la vio desde los primeros días, pero no se hizo amigo de ella hasta casi un mes después. Se llamaba Jezabel.

En realidad ahora volvía por ella. Desde que descubrió lo que habían hecho con él y con su abuela, no había querido volver a La Carballa. Ahora, después de tanto tiempo, había vuelto a recordar a Jezabel, de la que durante años, después de abandonar el pueblo, estuvo enamorado, con un amor que la distancia contribuía a hacer perfecto. Durante los primeros tiempos, ella había vivido en su imaginación, en la que iba creciendo al mismo ritmo que él. La veía haciendo las mismas o parecidas cosas que él hacía, acudiendo a la escuela, a misa los domingos, cortándose el pelo, estrenando ropa, y, en años sucesivos, abandonando los juegos de la infancia, preparándose para alguna fiesta, y —aunque luchó por que la visión no se abriese paso—, encontrando novio, casándose, teniendo hijos... y de aquí ya no pasó, pues los celos la desalojaron de su imaginación. Mucho tiempo después una tarde vio a una niña que le había recordado a Jezabel. Vio a una niña inocente, desvalida, y de repente todos los reproches hacia la vida que Jezabel había llevado en su imaginación desaparecieron. Quería verla. Entonces resolvió volver a La Carballa. Le haría una visita limpia, inocente, desinteresada. Saludaría a su marido, haría carantoñas a sus niños, recordarían entre risas aquellos lejanos días de la infancia y se marcharía. Sólo eso. Eso sería suficiente. De pronto el pasado se hacía luminoso. Todo tenía sentido y era bueno. Y tenía que tocarlo. De paso visitaría la tumba de su abuela, desde ahora un lugar resplandeciente, donde respirar, no donde ahogarse, un lugar donde encontrarla, no el lugar en el que la perdió. El lugar en el que la muerte había acabado sucumbiendo.

Ahora de nuevo estaba en La Carballa. Por la mañana, a primera hora, había ido al cementerio. No había tardado en dar con la tumba de su abuela, una desgastada losa de pizarra y una cruz oxidada. La inscripción era muy leve, pero como el sol aún estaba bajo, se podía leer bien. Sesenta y cinco años. Descubría que aquella vieja que él recordaba no era tan vieja. Se oía a lo lejos el rumor del río. El aire apenas se movía y sin embargo lo traspasaba todo. En una tumba cercana leyó, entre manchas de liquen, «Le volveremos a ver». No era un grito desgarrado, un llanto. Era un anuncio dicho con despreocupación, en voz muy baja. Cuando cerraba la puerta se dio cuenta de que a veces las cosas nos expresan mejor que nuestros actos, o nuestras palabras. Aquel cementerio le expresaba a él.

Había madrugado para repetir a la misma hora el camino que hacía con Lin, quien había abandonado hacía tiempo La Carballa, y del que nadie supo darle razón. Al poco de entrar en el camino recordó que había un cartel. Cuando él pasó a diario aquel verano tenía ocho años y no sabía leer. De haber sabido, tal vez no le habrían separado nunca de su abuela. Siempre que pasaban por delante del cartel Lin le decía que no hiciera ruido y que se ocultara entre las ovejas, pues el cartel decía que no se permitía el paso a los menores de diez años. «Escóndete, no haya algún guardia», le decía. Ahora estaba ansioso por volver a ver el cartel, aquella prohibición absurda. Lo vio a lo lejos, en el mismo sitio, clavado en el mismo poste de la luz, junto al camino. Era una chapa metálica, con los bordes ya oxidados. «Coto privado de caza.» Se rió viéndose agachado para tratar de camuflarse en el rebaño.

Más adelante, en un punto en el que se separaba un camino hacia la izquierda, un camino que nunca exploró y que no sabía a dónde conducía, estaba la ermita del Santo Cristo, que, al menos desde la distancia, seguía igual. Recordaba la imagen, con la cabeza caída sobre el pecho —una melena de pelo natural le ocultaba el rostro— y una falda que le tapaba desde la cintura a los tobillos. Una imagen que había tenido presente siempre, porque cada cierto tiempo reaparecía en una pesadilla. Lo veía levantar lentamente la cabeza y mirarle a través del pelo con una sonrisa siniestra que mostraba unos dientes perfectos. Se despertaba tan aterrado que no quiso asomarse para comprobar si la talla, un mero trozo de madera, seguía allí.

Tomó, sin embargo, el camino que nunca había seguido, y que de repente, quinientos, seiscientos metros más allá se extinguía en el campo, se confundía entre las hierbas de una tierra que llevaba mucho tiempo sin arar. Salirse del camino, lo que le daba la impresión de estar en cualquier parte, le permitía conocer; andar por él, sumar sus pasos a los de los miles que le habían precedido, reconocer, al fin y al cabo el motivo de su viaje. Poco antes de que el camino desapareciese, vio un corazón grabado en la corteza de un abedul, un corazón enorme y deformado por el crecimiento irregular de la corteza. Quizá el corazón siguiese proclamando un amor que quien lo grabó ya había olvidado.

Siguió avanzando por el medio del campo, entre robles y matorrales que se espesaban, un bosque perdido, y descubriendo perspectivas que no le decían nada. Cuando más desorientado estaba, llegó a una pequeña extensión que se había quemado hacía poco. Una mancha circular, como la sombra de una nube. En uno de los bordes el fuego había dejado al descubierto una pared de piedra, que fuera de la mancha se prolongaba oculta bajo la maleza. Un tramo de pared, como una iluminación que aún no comprendía. Ya no quiso seguir adelante. Volvió sobre sus pasos y siguió por el camino principal. Tras una curva estaban las ruinas de la taberna de Olibor, de las que apenas quedaban ya el arranque de los muros, de sillar, saqueados casi desde el mismo momento en que se cerró. Sólo conservaba cierta altura cerca de donde estuvo la puerta, y sólo porque allí la piedra era más ruin, menos aprovechable. Extrañamente, ancladas en la pared, se conservaban, como un mensaje, las anillas en las que se ataban las caballerías, tiempo atrás sustituidas por motores.

Después venía el suave declive, de terreno encharcadizo, hacia el Valle. El camino bajaba por un ancho pasillo sin apenas vegetación entre dos masas espesísimas de robles, y a pesar de que podía seguir un trazado recto se entretenía en curvas caprichosas —hechas con fines poco prácticos— que nadie desobedecía. Hacia el final de la cuesta los árboles de uno y otro lado se acercaban para darse la mano. En el último tramo el camino tenía que agacharse bajo un arco en el que ya participaba también algún aliso. Se entraba en el Valle tras atravesar una cortina de aire más húmedo que casi se podía tocar y que se hacía especialmente sensible en la cara.

En las praderas bajas, en la izquierda, al fondo, vio un rebaño. Alguien estaba en pie bajo un gran fresno. Tal vez era ella. A medida que se acercaba quedó claro que era un hombre. Quizá era su marido. Cuando estuvo cerca —los perros le hicieron un corro de ladridos—, comprobó que por la edad tampoco podía ser. Muy mayor. Muy mayor incluso para andar con un rebaño. En todo el tiempo que hablaron, en ningún momento miró a Ton a la cara. Casualmente era de Gramedo. Ton dejó que la conversación errase sin rumbo y sólo la dirigió cuando ya empezaba a declinar. Entonces supo que Jezabel había muerto hacía más de veinticinco años.

Aún siguieron hablando, él ya no supo de qué. Tampoco fue muy consciente de cuándo se separó del pastor. Desde el otro extremo del Valle, tras una corta cuesta, ya se veía Gramedo, los siete altos y delgados chopos que le daban su silueta inconfundible.

La mujer que él había imaginado nunca había sido.

A Gramedo había ido dos veces con su abuela, por aquel mismo camino. Cuando llegaban a las primeras casas salía una mujer pequeña que al reírse, antes de empezar a hablar, revelaba que era fata. Se llamaba Enriqueta. Acababa de acordarse de ella. Recordaba la ternura con que la trataba su abuela y cómo Enriqueta se limpiaba los labios con la mano antes de besarla. A él nunca intentaba besarle, como si temiese alguna humillación. Escuchaba sonriendo y se veía que no entendía la mitad de las cosas que se le decían. Enriqueta… Animalicos vestidos y defectuosos que surgen a la vida y que, el breve instante que les dura, cumplen su papel como pueden, sin comprenderlo.

Nadie salió cuando pasó por delante de la casa de Enriqueta, que parecía llevar mucho tiempo cerrada.

Todas aquellas casas, todo el campo que había atravesado para llegar hasta allí, toda aquella gente, lo que habían visto, lo que habían sentido y pensado, lo que habían hecho, aquel cielo, aquel aire… Todo aquello un día no sería nada. Se perdería sin dejar el más mínimo rastro. Un día todo aquel mundo desaparecería y se borraría para siempre hasta la última mota de polvo y todo iría a dar al más negro olvido. Pero aunque así ocurriese habría merecido la pena sólo para que fuese, un breve instante, Jezabel. Jezabel, tan bonita, tan delicada, tan pequeña.

En el pueblo le indicaron cuál era la tumba. Antes

de llegar al cementerio, se cruzó con niños de la edad de los hijos que había esperado encontrar de Jezabel, la edad a la que ella murió. Qué distinto era este cementerio del que había visto por la mañana.

Sólo tenía una cruz en la cabecera, que alguna mano torpe había hecho con dos palos. No tenía un montón de tierra, como se veía en las tumbas más recientes. Al contrario. En su lugar el suelo estaba hundido. La habrían enterrado en un cajón de alguna madera ruin que no habría tardado en pudrirse y en ceder a la tierra que tenía encima. Con un lapicero escribió en el travesaño de la cruz unas letras que apenas se veían. «No le peses, tierra. Pesó tan poco ella sobre ti...»

# ÍNDICE

| | |
|---|---|
| 9 | Sequía |
| 23 | *Paredes de piedra abandonadas en el campo...* |
| 24 | Don Juan |
| 34 | *Alrededor de la ermita apenas...* |
| 35 | La averiguación |
| 41 | *Hay lugares que resultan invisibles...* |
| 42 | El matadero |
| 45 | *En medio de praderas...* |
| 46 | Un regreso |
| 50 | *¿Por qué todo un barrio acaba tomando el nombre...?* |
| 51 | Otoño |
| 58 | *El tiempo ha triturado la pulpa que envolvía estos gneises...* |
| 59 | Sólo la luna es mi señora |
| 63 | *Confundidas, de repente las truchas...* |
| 64 | Una pelea |
| 70 | *En torno al ataúd de Catalina la Espejera...* |
| 71 | Negocios |
| 85 | *Un puñado de rapaces atiende...* |
| 86 | La burra |
| 95 | *Noche despejada de otoño...* |
| 96 | A través del Cristo |

| | |
|---|---|
| 100 | *Desde lejos la sierra ofrece cuatro alturas…* |
| 101 | El jardín |
| 111 | *El lobo, jadeante, se acerca al río…* |
| 112 | Un cuento |
| 120 | *La niña sale a hacer un recado…* |
| 121 | La Venta de los Marineros |
| 133 | *Las merujas crecen en el agua…* |
| 134 | Noche de Reyes |
| 137 | *El águila, sin esfuerzo…* |
| 138 | El crimen |
| 141 | *Un año hubo en La Carballa una invasión de caracoles…* |
| 142 | Pobres y más pobres |
| 154 | *Un camino en medio del verano…* |
| 155 | El oso |
| 163 | *Noche de verano…* |
| 164 | Una caja de sardinas |
| 166 | *La poza, almacén de juncos infantiles…* |
| 167 | Un recuerdo |
| 169 | *Tormentas del final del verano…* |
| 170 | Dos docenas de huevos |
| 174 | *Noche de verano…* |
| 175 | Viaje a la edad |
| 180 | *A Ti Julio Lobo le alcanzó un rayo cerca del río…* |
| 181 | Una historia muy corta |
| 183 | *Caminos que cruzan el campo…* |
| 184 | Dos monjas y dos curas |
| 190 | *Tormenta nocturna…* |
| 191 | Las campanas |
| 196 | *¿Cuál es el objeto más pequeño…?* |
| 197 | Frío |
| 203 | *Estas hojas, que se pudren en silencio…* |

| | |
|---|---|
| 204 | Qué lástima |
| 210 | *La melancolía de ese primer día de otoño...* |
| 211 | Taberna de Olibor, una tarde |
| 222 | *Durante los primeros días, el otoño...* |
| 223 | Campanadas |
| 226 | *Durante su viaje al noroeste, el viento del otoño...* |
| 227 | Tormentas |
| 233 | *No se ha llamado suficientemente la atención...* |
| 234 | Historias familiares |
| 237 | *La primera helada del otoño...* |
| 238 | Una caja llena de fichas |
| 247 | *Ermita abandonada...* |
| 248 | La justificación del mundo |

Impreso en el mes de noviembre de 2000
en Talleres HUROPE, S. L.
Lima, 3 bis
08030 Barcelona

conejo – Kaninchen